亦

舒

作

品

亦舒
作品
05

亦舒 著

人淡如菊

湖南文艺出版社
HUNAN LITERATURE AND ART PUBLISHING HOUSE

博集天卷
CS-BOOKY

目
录

他是这样大方、和蔼、有教养、学问好、心情好，
风度翩翩，穿着那么旧式的西装，普通的皮鞋，
一点不打扮，那种姿态，却是惊人地好。

他走了以后，我老是有种感觉，
仿佛他的手在我的手上，
重叠叠的，有安全感的。我呼出一口气。
想起来有点不好意思，生病的时候，
人总是原形毕露的。他看见了多少？

人

淡

如

菊

三 _051

他轻轻地把我的头按在他胸前，
我两只手臂自然地抱住了他的腰，他很温暖，
那几秒钟像永恒一样。

四 _077

我只想见到你，见一次好一次，
我并不知道还可以见你几次，
说不定你今天一走，以后再也不来了，
但是我不大理以后的事，那是不能想的。

五 _099

嫁给他？一个小大学的副校长，
一个外国人，有两个孩子，我从没想过嫁他。
我知道我爱他，不过结婚是另外一回事。

六 _121

忽然之间，我"呀"了一声，
我发觉我竟是完完全全的一个人了，
要死的话，早就可以孤孤单单地死。
我呆在那里。

七 _145

我蹲下来看他的脸，看他两鬓的灰发，
看他搁在胸前有力的手。
我终于得到他了。

八 _167

现在我知道他是一定会回来的，
某一个钟头，某一个时刻，他一定会出现，
这还有什么喜悦可言呢？很普通的一种生活。

九 _193

我又关了无线电，屋子里很静，只有我们两个人，
但是够了，只要两个人就够了，其他的人，
其他的人有什么用呢? 其他的人只会说话。

十 _215

忽然有一天在阳光下，我在花园散步，
我不后悔与比尔·纳梵在一起的两年了。
那是一次恋爱，真的恋爱。而现在，
我是幸福的，我似乎应该是一个毫无怨言的人。

一

他是这样大方、和蔼、有教养、学问好、心情好，风度翩翩，穿着那么旧式的西装，普通的皮鞋，一点不打扮，那种姿态，却是惊人地好。

我跟罗莲说:"比尔·纳梵是最好的教授,他从来不当我们是孩子。"

她笑:"可惜他讲的是热力散播。"

我说:"那没有关系,我可以选他那科。"

她说:"他那科很难,他出的题目也很难,我最怕的,他一说到宇宙线紫外线,我的头都昏了,你想想,一个原子,有几层外壳?"

我笑:"第一层叫 K 层……"

罗莲说:"好了好了,别背书了,你也是的,这么穷凶极恶地念书,但是你算好学生,同学也喜欢你。"

我说:"我对基本的常识有兴趣。你想想,原子有什么不好?我喜欢。"

"纳梵下半年教你吧？"

"嗯，圣诞之后，他还是教我们的。我不是不喜欢高克先生，他的化学与生物都合理得很，我还是等纳梵。"

我们一路走回家，五点钟，下微雨，一地的落叶，行人大半是学生了，马路中央塞车。天气相当冷，我嘴里呵白气，穿着斗篷，既防雨又保暖，罗莲撑着伞，遮着我。

回家要走十五分钟。

罗莲说："你真的很厉害，去年一上化学课就哭，倒叫高克老师向你道歉，什么意思？结果三个理科老师吓得团团转，B小姐叫我教你，高克叫我盯住你，纳梵说：'叫她别怕，慢慢地学。'真了不起，谁不缴学费？你那种情形，真肉麻，真可怕！"

我笑笑。

她比我高一级，常常老气横秋地教训我。去年三个教授赶着她来照顾我，她就不服气，跑来见到我，就冷笑说："我以为是什么三头六臂的人物，却不过是个瘦子，挤一挤便可以塞进汽油箱里去。"后来她对我很好，一直照顾我，有难题也指点我，过了一年，我们索性搬到一起住，相处极好，一起上学放学，别有乐处。教授叫她找我，认识我，只因为全校只有我们两个是中国人，现在却成了好朋友。

到了家里，暖烘烘的，我们坐在一起做功课，晚饭早在学校饭堂吃过了。

她冲了两杯咖啡出来，我一边翻书，一边说："纳梵先生的样子不漂亮，但是真……真特别，一见难忘。"

罗莲说："你一整天提他，大概是有点毛病了。"

我说："什么毛病呢？我又不会爱上他。"

"爱上他是没有用的，他又有妻子又有孩子，人这么好，你想想去，别提他了。"

我看了罗莲一眼。

我是不会爱上纳梵先生的，又不是写小说。

不过他是一个好教授。

去年在饭堂见到他，我就钦佩他，忽然之间问他："你是博士吗？"

他笑了，他说："我只是硕士。"

我居然还有那胆子问："为什么你不是博士？"天下有我这种人，非逼教授做博士不可。

他说："读博士只管那极小极小的范围，我不大喜欢，我读了好几个硕士，我现在还在读书。"

我睁大了眼睛："是吗？"

罗莲在我身边使眼色，我才不问了。

后来罗莲说："他总是个教授，你怎么老问那种莫名其妙的事？"

我才怕起来，以后看见他，远远地笑一笑，然后躲得人影都没有。一年来我读那几门理科，不遗余力，别人都是读过的，只有我一窍不通，什么都得背上半天，整天就是躲在屋子里念念念。

结果还考得顶不错。五条题目，我答了两条纳梵先生的，他的"红外线对人类贡献"与"原子结构基本讲"。大概是答得不错的。

后来罗莲看见他，第一件事是问他："乔陈考得好吗？"

纳梵先生说："很好呢！这孩子，以前吓成那样子。"

B小姐也问："另外那个中国女孩子好吗？"

教会计的戴维斯先生因为在香港打过几年仗，很喜欢中国人，新开学，他也去问罗莲："乔陈好吗？有没有见她？"

罗莲翻翻白眼："当然见过，她现在与我同住。"

回来罗莲大发牢骚。

她说："我也是中国人，为什么他们不问问我怎么了？

嘿！你到底有什么好处？"

我眉开眼笑："我迟钝，没有他们我不行，而且我听话。"

"真受不了。"罗莲说。

我默默地做着功课。

我喜欢去上课，这就够了。

第二天罗莲迟放学，我一个人走回家，才出校门，就见到纳梵先生迎面而来，他六尺一寸高，鬈发，浓眉，实实在在不算漂亮，可是他的脸有一种摄人的神情。我迟疑了一下子，笑一笑，低头走了。脸上莫名其妙地红了起来。

纳梵老师手臂下夹着一堆书，从图书馆里回来？他是这样大方、和蔼、有教养、学问好、心情好、风度翩翩，穿着那么旧式的西装，普通的皮鞋，一点不打扮，那种姿态，却是惊人地好。

难怪人家说：最危险的是让丈夫去教女子大学。念大学那种年纪，多数是无法无天的，不危险也变危险了。一年来大半学生都找到了对象，只除了我，我没有男朋友，也没有爱人。

罗莲有一个男朋友，是奥地利人，她是很起劲的，天天一封信，还说圣诞要去看雪。我觉得欧洲人不过如此，想免费游东方，最好不如娶一个东方太太，或是嫁一个东方来的丈夫。欧洲这么冷，去享受一下热带的温馨，有什么不好？在这里读书的学生，家里都不会太差，他们也就是看中这一点。依我看来，中国女孩子除非长得特别美，否则不必与外国人混，得不到什么好处。

外国人也有好的，像纳梵先生，我想他的人格是毫无问题的。我喜欢科学家。

他这个学期头三个月没有教我们，过了圣诞才教。

学期开始的时候，所有的教授都坐在台上，独独他不在，我就到处问："纳梵先生在不在？"

他们都叫我放心，纳梵先生快要做副校长了，走不了的。

但是这么多的老师，我反而与他最不熟。

在饭堂里休息着，他来买咖啡喝，排队排在众学生当中，把所有的人都比下去了。

他微微地笑着，他稳重，像一座山一样，他是这么可靠，任何女人看了他，都想：嫁给他必然是不用再担心任何事了。

同学说："你看，那是你的纳梵先生。"

我笑一笑。

他们的意思是，那是你心爱的教授。

我们这所学校小，所有的学生加在一起，不超过一千，每个人都认识每一个人，这是小大学的好处，那么每个教授都认识我。

他们问我："你去年回家了吗？"又问，"今年回不回去？"我总是老实地有一说一，有二说二。

我不大懂得他们的幽默，动不动就大惊失色，信以为真，他们倒是很欣赏这种天真，我自己真懊恼这种迟钝，直到今年，那种呆瓜劲才改掉了一点，然而还是惹笑。

老师们很晓得我这个人。他们要找我，就到图书馆，我好歹坐在那里，无论看什么书都好，我都坐在那里。

去年学生罢课，只有我一个人上学。老师看见我，心花怒放。我坐在图书馆里读笔记。

高克先生来了，看见我，趋向前来，握着手，眉开眼笑："啊，乔，你多么乖，坐在暖气边，在温习吗？不冷吗？"

我笑。发神经了，他把我当三岁小孩子了？由此可知教授要求之低，匪夷所思。

有时候纳梵老师也来看报纸，或是印讲义，他总是忙的，我在一层层书架子后面看着他。心里面认定，纵使有什么事，大概可以找他帮忙。

他去年一直说："你知道我在哪里，有难题请来找我。"

他不叫我"乔"，不叫我的名字。别的教授一天到晚叫着我。他也不点名，不过凡是他的课，讲室总是客满的，他不把我们当孩子。

新近规定，凡学生上课次数少过百分之七十五者，不准参加考试。他不管，他觉得学生该有自律能力，点名没有用，点得再凶，那些逃学学生还是逃学去了。

但是去年我没有找过他。他把什么都讲得这么明白，还有什么好问的？

纳梵教授跟学生说话的时候，老是侧着脸，开头我不大明白这个姿态，后来才晓得他右耳是聋的。读大学的时候，他玩美式足球，被同伴一脚踢在头上，昏倒在草地上，进了医院，出来的时候，一只耳朵就聋了。

罗莲叹道："真了不起，连缺憾美都有了。"

我却听得津津有味，他毕业于诺丁咸大学，罗宾汉出没的地方。虽然也是科学家，他没有那种 MIT[1]、CIT[2] 的高深莫测，他不是高高在上的，他有那种深入民间的高贵气息，我

---

[1] MIT：麻省理工学院。
[2] CIT：加州理工学院。

喜欢他。

罗莲念到最后一年，笑话自然更多。

她对我说："你晓得考莱小姐？每星期四她都有一课，但是大家星期三玩得七荤八素，星期四哪里起得了床？一班十四个人只到了四个，她等了一刻钟，不见第五个人影，冲下去报告校长，哪晓得一走，就又来了六个，气得她跟什么似的！哈哈哈。"

我觉得没有什么好笑，这真有点残忍。据罗莲说，在外国生活，不残忍是不行的。我倒不觉得，至少我没有那样，我也活得很好。

罗莲说："你是例外，你一皱眉，老师同学就相让于你，不知道为什么。"

我倒还没有为谁皱过眉，只记得去年有什么不顺心的事就哭，哭得不亦乐乎，今年挤来挤去，挤不出什么眼泪来，天大的事，推到明天再说，功课再多，一样样慢慢做还是可以的，只是实在多了，做起来未免辛苦，周末非但没有休息，反而变本加厉地忙，晚上做到两三点才睡，第二天一早又撑起来，不敢贪睡，那种熬法也不用说了，不过心里还是很快活，说也说不清楚是为什么。

有时候问罗莲："你猜升了第三年，我吃得消吗？这么多的功课。"

"人家是人，你也是人，"她说，"怎么做不了？最多他们花一小时，我们花两个钟头也就是了，一般是老师教出来的。"

她这个人信心真足，走步路都好起劲啊，一步步踏下去都千斤重似的，我走路始终无声无息，脚步好轻的，不知道是什么习惯。

过了圣诞，纳梵先生终于出现了，大家都很高兴。读理科的人总比较讲道理，我老有一种感觉，文科是不能读的，越读越不通，越读越小气，好的没学，坏的都齐了，结果变成自高自大、极端自私的一个人。我们还没有念完书，不能算数，但是看看那些学成的人，也就有点分数。亦不能读艺术，学艺术的人都有一种毛病，不管阿狗阿猫先以艺术家姿态出现，结果大部分做了现世的活招牌。

当然理科出身的人未必个个像纳梵先生，他是例外中的例外。念了文学艺术，也不见得人人差劲，不过我们运气好，恰巧碰到一个好老师。

一星期有他两节课，每节只一小时，一共上十一个星期，他常常迟到十分钟，方便大家去喝杯茶，大家感激他。上课时草草在黑板上描几幅图，简单地解释几句，就很明白——如果我明白，谁都明白，谁还比我更钝呢？怕没有了。

有时候不明白，我举手发问。

同学都笑我，说我这么大了，还像小学生，次次发问都举手，我一举手，他们就嚷："乔陈又要告状了！"

纳梵先生微笑说："不必举手。"

我涨红着脸分辩："如果不举手，不给老师时间准备，就插嘴，那有什么好？"

纳梵先生还没答，众同学又笑说："好啦好啦！教授变了老师，大学变了书馆，咱们都成了小孩，也不必投票选举，回家干脆抱着叫妈妈？"

他们只是开玩笑，我知道我很规矩，但是自小父母就教尊师重道，哪像他们这般无法无天？一时改不过来。

我涨红了脸，讪讪地过了好几堂课。

有一天在图书馆，我与纳梵先生撞个正着，我称呼他一声："纳梵先生。"

他站住，微笑问："什么事？"

我说："没事啊，我叫你一声。"

他诧异地问："为什么？"

我答："理应如此啊。"

他说："你家那边的老师是怎么样的？"

"他们？完全是'君要臣死，臣不得不死'的，但凡课文说得明白，已算尽责了。"

我说："阶级分得好明白，否则，学生恐怕倒霉，这是中学，大学不得而知，看来也绝不民主。"

"你觉得哪种制度好？"他极有兴趣。

"我不知道，"我老实地说，"这里的学生太放肆了，我觉得。我读的中学是很好的，老师也待我客气，只是几个英籍老太太很作威作福。"

"我代她们致歉。"纳梵先生笑说，"只是你别太拘谨，有什么想说的，不要犹疑。"

我点点头。

我跟他说话，老是有点口吃。

罗莲说："他都能做你爹了，你几岁？"

"二十岁了。"

"可不是？他起码三十八。"罗莲说，"看上去倒是很年轻的样子。"

"也不算特别年轻，"我说，"只不过头发未白而已，不过他一向不老气横秋。"

"你不是真看上他了吧？"

"哪里啊！别开这种玩笑，我是很尊重老师的。"我说，"人人都说他好。"

"很多教授很好，你怎么不提他们？"

"我也提呀！"

"你这个人，将来人家都要讨厌你的，一副模范生的样子，决不迟到早退，刮风落雨，一向不缺课，见了教授，'是老师是老师'，真受不了。"

我白她一眼。

我可没有她形容的那么肉麻。

她胡诌的。

星期二，照例有实验，我并不太喜欢做化学实验，瓶瓶罐罐，麻烦得很。大家穿上了白上衣，拿了讲义，照着煮了这个又煮那个，我的手脚不十分灵敏，常常最慢，弄得一头大汗。

我把煤气火点着，煮着蒸发器里的化学颜料，纳梵先生走过来，问我："好吗？"

我说："煤气有点声音，是不是？"

他侧耳听了听："嗯，是，熄了它，我替你调整调整。"

我迟疑了一下，听他的话，关了煤气。

纳梵走回几步，问一个女同学借来打火机，点一下，没点着，我探过去看，他再点火，我只闻到一股煤气味，跟着只是轻轻的一声爆炸，我眼前一热，一阵刺痛，退后已经来不及了，我蹲了下来，只听见同学的惊呼声，我一急，一手遮着眼睛，一手去抓人，只抓到一只手，便紧紧地捏着不放。

实验室里乱成一片。

纳梵先生大叫："去打电话，叫救护车！快，快！"

我马上想：完了，我一定是瞎了。

眼睛上的痛一增加，我就支持不住，失去了知觉。

醒来的时候，我还是看不见东西。我躺着，身子好像在车上，一定是救护车。有人在替我洗眼睛，我还是觉得痛，并且害怕。

但是我没有吭声，如果真瞎了，鬼叫也没有用。然而怕还是怕的，我伸出手去摸，摸到的却是女护士冷冰冰的制服。我忽然哭了。

天啊！如果一辈子都这么摸来摸去，怎么办？

　　我不知道有没有眼泪流出来，但是我听见一个声音说："别怕，我们就到医院了，你觉得怎么样？"那是纳梵先生的声音，他很焦急。

　　我不管三七二十一地抓住了他的手。

　　"说给我听，你感觉如何？"

　　我想要说话，但是太害怕了，什么也说不出来，只抓紧着他的手。

　　护士说："不是很厉害，她不想说话，就别跟她说。"

　　纳梵先生两只手也紧紧地合着我的手，我发觉他的手在颤抖，我眼前刺痛至极，平时身体也不大好，又昏了过去。

　　再醒来的时候，仍然什么也看不见。

　　我知道实在是完了。

　　怎么办呢？我躺在床上，鼻子嗅到那种医院特有的味道。怎么办呢？

　　我慢慢支撑着起来，这一次眼前倒没有大痛，恐怕是下了止痛药。

　　"好一点了？"

　　还是纳梵先生的声音。

　　我惊异地转身，他怎么在这里？

他的脚步声，他走过来了，站在我身边，扶住我，让我慢慢地靠在床上。

"我是医生，"另外一个声音说，"你觉得怎么样？"

我马上吓得浑身冷了起来。医生要说什么？

我呆呆地卧着。

"唉，为什么不说话？替你洗过眼了，把煤屑、碎片都洗出来了，危险程度不大，但是要在医院里住上一阵子，你要听话，知不知道？左眼比右眼严重点，但绝对不至于失明，不要怕。"

我点点头，吁出一口气，手心中都是汗。

"运气很好，爆炸力道不强，强一点就危险了。"

我还是点着头，可是一颗心却定了。眼前漆黑的一片，什么也看不到。

我摸摸自己的头，一切都没有毛病，我笑了。

"傻孩子。"医生说，"我明天早上再来看你。"

我听他走开去的声音。

纳梵先生问："好一点了吧？"

我连忙问："几点钟了？你为什么不回去？"

"晚上八点。"

"我肚子饿得很呢。"我说。

"我叫东西给你吃。"

"不，纳梵先生，你回去，我有什么事，会叫护士来的。"

"可是医生说——"

"哎。医生说没有关系，你请回去吧。"

纳梵先生说："真对不起，乔，这次意外，是我的错。"

我一愣，怎么会是他的错呢？我想也没想到过。煤气管轻微爆炸，是我探头探脑不当心，关他什么事？难怪他陪我到现在，我连忙摇着手，说："纳梵先生，请别误会，这与你完全没有关系，是我自己不好——"

他苦笑一下："我不该冒失去点——"

我也打断他："我不会有事的，这实在不是你的错，实验室总有意外的，我躺几天就好了，同学自然会把笔记借给我，你放心。"

其实我也不知道要躺几天，恐怕至少得十天八天，但是为了安慰他，我也只好往好的方面说。

他不响。

他是个好人，一定为我担心死了。

我正要说些什么，安慰他一下，想了半天，想不出话来，他比我大这么多，又是我教授。

我只好说："都是我不好，我真麻烦。"

他又说："我不小心，是我的错。"

护士送食物进来，我摸索着。真饿了。

纳梵先生把牛奶杯放在我手里，拿着三文治，递到我嘴前，我红了脸，接过来吃。

他问我："要不要通知家人？"

我摇摇头，"别，他们会急坏的。"

"此地有没有亲戚？"

"没有，一个也没有。但是罗莲对我很好，有没有通知她？她不见我回去，要急的。"

"啊，刚才她来过，我着她回去了，当时你还没醒。"

"谢谢你。"我说。

"乔，我真对不起你。"

"纳梵先生，请不要这样说，与你有什么关系？千万别这么想。"我放下了食物。

他叹了一口气。

"请回去吧，你明天还有课呢。"

"我明天再来看你。"

"没有必要呢，我躺几天就没事了。"我说。

"再见，好好地睡。"

"再见，纳梵先生。"

他走了。

我吃完了食物，就把盘子推开，我躺在病床上，想了一想，只要不会瞎，其他就好商量。少了的课程迟早要补回来的，不过赶得紧一点，也没有办法。只是这么静，一个人躺在医院里，又一个亲戚都没有。罗莲自顾不暇，外国同学又冒失得很。我想哭，就哭了。

哭到一半，听见有叹息声，"谁？"我翻身问。

没有回答。

是我疑心了，反正有鬼也看不见。

我向着天花板，一下一下地数着字母，好快点入睡。

大概是真累了，最后还是睡着了。

第二天醒来，我问护士："几点钟了？"

"九点。"她说，"早餐来了。"

"我要去洗脸刷牙。"

"别走动，用盐水漱漱口就好了，一会儿我来替你抹脸。"

"我手脚没事啊！"

护士说："别动，听话。"她倒很温和。

我问："请问我要躺多久？"

"不会很久的，只是要充分休息，现在解了纱布，你也看得见东西，不过怕以后的视力有问题，所以休养久一点，明白吗？"

我心头一块大石完全落地。我吃着早餐，觉得颇是休息的好机会。那心情与昨夜完全不同了。

吃完，护士着我漱口，我做了。她替我抹脸。我笑说："我想洗澡，怎么办？"她说："我替你洗。"

她告诉我病房有四张床，因为没人，所以只有我一个人躺着。

"你怕不怕？"她问。

"不怕。"

"那么我走了，有事按铃叫我，铃在这里。"

"谢谢。"

我一个人靠在床上，哼着一支歌。唱完了一支又一支，有点累。眼前仍然什么也看不见。我用手缓缓地摸着纱布，我真想看一看亮光。运气真好，这么危险的事，却还保存了眼睛，只是有点痛。"不要动纱布。"我吓一跳。"纳梵先生！"

我嚷，"你几时来的？"

他温和地说："听医生话，怎么这样顽皮？"

我不好意思地笑笑，把手放了下来。

他说："对了，今天好多了？"

"嗯。"

医生的脚步声传了过来，"噔噔噔"的。我在想，他长得什么样子？他叫护士拉好了窗帘，掀开我的纱布，我略略有点紧张，可是想到纳梵先生在这里，我如果紧张，恐怕要叫他担心，只好尽量放松。

掀开纱布，医生叫我不要睁开眼睛，却注入药水药膏一大堆，很刺痛，我强忍着，约莫眼皮之上有点红光，我知道没有瞎，但是左眼皮上很痛，我伸手一摸，医生马上喝："手脏，拿开！"我惊问："那是什么？"医生好言说："缝了几针，没事的。"我失声："哎呀！"

我一点也不知道，既然缝了针，那么也流了血？一定很可怕！我连忙问："会不会留下疤痕？"

"不会的，女孩子真爱漂亮，先治好眼睛，再替你看疤痕，保你没事人似的出院，好不好？"医生很幽默。

我心里忐忑不安。看来很严重，他们都安慰我，不叫我担忧。我顾不得那么多了，再问："我不会瞎吧？"

　　"孩子，你不相信我？"医生问。

　　"谢谢你。"我说，"我相信你，但是请你告诉我。"

　　"不会瞎的，你要听话才行。"医生说。

　　我不响。

　　他走了。

二

他走了以后，我老是有种感觉，仿佛他的手在我的手上，重叠叠的，有安全感的。我呼出一口气。

想起来有点不好意思，生病的时候，人总是原形毕露的。他看见了多少？

纳梵先生问我："害怕了？"

"没什么？只是——希望早点出院。你今天忙吗，纳梵先生？"我改变话题。

"我没有上课，高克先生替我，将来我回去，把他的课接过来上。"他说。

"那你岂不是忙坏了？为了我一个人！你快去学校。"

"等你纱布拆了再说。"他说。

我问："你是几时来的？我怎么没听见？"

"我跟医生一道来的。"他说。

我有点疑惑：怎么偏偏没听到他的脚步声？

我还是请他走，但是他一定要陪我，我在病床上，十分尴尬，只好说点轻松的话。

他问："课程怎么样？"

我答："很忙，但是还好，不大闷，今年要做的真多，比去年多了十倍，明年可还是这样？"

他说："不过看学生本人，好的学生什么都用功，做起来费劲，懒学生东抄西拼，又不上课，就省事。"

我笑问："纳梵先生是劝我懒一点？"

"同学们都说你功课很紧张。"纳梵说。

"不止我一人，同班的艾莲比我用功得多，不过我比较笨，问得特别多。"我说。

"好学生多一点就好了。"他笑。

"他们聪明，自然不肯循规蹈矩的。"

他忽然站起来。"我太太来了。"

"啊。"我只听到脚步声，抬起头。

纳梵先生说："这是乔陈小姐，这是我太太。"

我把手向空气一伸，说："纳梵太太，你好。"

她的手握住了我的手，很温暖，一边说："你好，乔。"

纳梵先生说他要走开一会儿，叫他太太陪我。我想这成了什么话了？还要他太太来轮班。我平时常常想见他的太太，现在她来了，我却看不见。只听说她有一个女儿，长得很文静，十二三岁。

我不好意思地说："纳梵太太，你跟纳梵先生说，他不必来看我，我没有事的。"

"我还没有向你道歉呢。"她说着一边在弄，不晓得弄什么。

他们夫妻俩一口咬定是他们的错，我也没有办法，只好笑着不出声。

然后她说："闻闻香不香？"

我一嗅。"玫瑰！"

"就放在你身边。"

"谢谢。"

"要吃苹果吗？"她问。

我说："不要，谢谢，为什么？好像是我的生日呢。"

"比尔说你没有亲戚朋友，又说你才二十岁，我一看，你哪里有二十岁，只有十五岁。"她笑。

"我半边脸被纱布缠着，你哪里看得见？"我笑。

"比尔真是糊涂，做了这么多年实验……是那条煤气管出了毛病，后来招人来修，修理员说如果听到异声，马上关掉就好了。"

"那声音很轻，总而言之，不关纳梵先生的事。"我说。

"你倒是好学生，比尔很难过，我也很难过，如果你的眼睛有什么事——又是个女孩子，我们一辈子也不好过！"纳梵太太道。

"如果是一个坏的男学生，就让他做瞎子好了。"我笑说。

纳梵太太很健谈，很开朗，虽然看不到她的样子，也可以猜到七八分，反正不会是个绝色的金发美女，纳梵先生也不是个俊男，他们一定很相配。

只是纳梵先生的风采是不可多得的，她——？不得而知。

这几日来，为了我，他也很慌忙，恐怕那种翩然之态差点了。

纳梵太太没走，一班同学就来了，叽叽喳喳地说了半天，有几个知道我心急，把笔记留下来，他们说："叫护士读给你听，就不必赶了，下次来给你换新的。"我感激不已。

护士进来赶人，叫我服安眠药，医生说的，我每天至少要睡十二个小时。

纳梵太太一直没走，她笑说："你同学对你好得很啊。"

"是，他们一直没有把我当外国人。"

"也许是你没有把他们当外国人。"她说。

"或许是吧。"我笑笑，"我是不多心的，在外国如果要多心，样样可归入种族歧视，被人无意踏一脚都可以想：他们踏我，因为我是中国人。那么不如回家算了。"

纳梵太太笑笑："比尔说你很可爱，果然是呢。"

我静了一会儿，说："几时？纳梵先生几时说的？"

"很久了，也许是去年，他说收了一个中国女学生，不出声，极可爱的，话不多，有一句必定是'是老师'。"她笑着说。

我脸红了，分辩道："老师说的自然是对的。我很尊重老师。他们备课备了十多年，在课室里的话怎么错得了？"

纳梵太太说："难怪比尔说，只要一半学生像你，教大学就好教了，可惜一大半学生听课是为了找老师的碴。"

我微笑，外国学生都这样，没完没了地跟老师争执，吵闹，我是不做这种事的。如果嫌哪个老师不好，索性不去上他的课好了。

然后我的头就重了起来，昏昏欲睡，安眠药发作了，我奇怪他们怎么叫我吃药，大概是想我多睡一点。我不知道纳梵太太是几时走的。

我醒来的时候觉得冷，窗门开着，有风，但不知是日是夜，玫瑰花很香。因为寒意甚重，我想是夜里。我摸索到召人铃，刚想按，仿佛听见有人翻阅白纸张的声音。

一定有人。

"是谁？"我低声问。

没有回答。

"哪一个？你昨夜也在吗？"我把声音抬高一点。

"你醒了！"护士笑说，"怎么把毯子踢在脚后？"

"是吗？麻烦你替我捡一捡。"我笑。

"睡得好吗？"她问。

"什么都不知道——请问什么时候？"

"早上五点。"

"哦。"

"你怎么了？"她问，"不舒服？"

"出了一身大汗，现在有点冷，肚子饿。"

"你应该睡到早上七点的，现在吃了东西，早餐就吃不下了。"

"那么我不吃好了。"我说。

"乖得很。"

我笑说："每个人都把我当孩子，受不了，怎么一回事？"

"你几岁？"

"二十岁！"

"我的天！看上去像十二岁！"护士说。

"又少了三年，昨天下午有一个太太来看我，还说我有十五岁，越来越往后缩了。"

"你怎么了？"

我有点头昏，累得很，只好往床上跌，护士趋向前来，摸我的头，不响，马上走开了，我自己去摸摸，怪烫的，噫，不是感冒了吧？我很有点懊恼：怎么搞的？

护士没回来，另外一只手无声无息地搭了上来，我惊叫："谁？"

"我。"

"纳梵先生！"我失声道，"你怎么还在这里？"

他不回答。

护士回来了，把探热针塞在我嘴里。

我明白了，他根本没有走，昨天是他，今天也是他，他根本没有走，三日三夜他都在这里。

这是何苦呢，我就算死了，他也不过是少了一个学生，这样守着，叫我过意不去。前天晚上我还又哭又唱歌的，看样子都叫他看见了，多么不好意思！而护士们也帮他瞒我。

护士把探热针拿回去，马上叫医生。值夜医生来了，不响，把我翻来覆去检查半晌，然后打了两针。

我只觉得头重，而且冷。我问护士要毛毯，她替我盖得紧紧的，叫我好好躺着。我本来想问什么事，后来就懒得问，反正人在医院里，不会差。早餐送来了，我吃了很多。

我不晓得跟纳梵先生说什么才好，我不能赶走他。

我问："纳梵先生，吃早餐吗？"

他笑："也是护士送来的。我正在吃，你没听见？"

我好气又好笑，他真把我当孩子了。

吃完之后，我照例漱口。（明天一定要让护士准我刷牙，脏死了。）

我问："我睡觉，有没有讲梦话？"

他有点尴尬，他答："没有，很乖。"

"你一定很疲倦了，纳梵先生。"我抱歉地说道。

"医生说后天你可以拆纱布，不过还有两天而已。"

"真的？"我惊喜。

"但是你不能出院，还要住几天。"

"只要拆了纱布就好。"我笑。

"可是怎么又发了烧?"他问。

"不知道。"我说。

才说不知道,我心头一阵恶心,忍也忍不住,把刚才的早餐一股脑儿呕了出来,护士连忙走进来收拾,我道歉,但是支持不住,只好躺下来,这一躺就没起来过,体温越来越高,烧得有点糊涂。

我只记得不停地呕吐,吐完便昏昏地睡,没有什么清醒的时候,手臂上吊着盐水葡萄糖。我略为镇静的时候总是想:完了,这一下子是完了。倒并不怕,只觉得没有意思,这样糊里糊涂的一场病,就做完了一世人,父母知晓,不知道伤心得怎样,赶来的时候,我早躺在冰箱多日了。

我只觉得辛苦,昏昏迷迷地过了不知道多少日子,但是我知道纳梵先生在我身边。我们没有说过一句话,我连说话道歉的机会都没有。

热度退后,我知道我是害了肺炎,足足烧了十日,脸都肿了,没烧成白痴还真是运气好。眼上还蒙着纱布,真见鬼,糊里糊涂地在医院住了半个月有余。

我虚弱之至,医生来解了纱布,我睁开眼睛,病房是暗的,只有我一个人,他们怕我传染,隔开了我,我睁开眼睛,第一个意识要找妈妈，后来就降低了要求，只要了一面镜子。我朝镜子里一瞧，吓一大跳，心不住地跳，才两三个星期，我瘦了三四磅还不止，左眼上一条浅红色的疤，肿的，两只眼睛都是红丝，颊上被纱布勒起了瘀青，头发乱得打结，脸色青白。

我向医生护士道谢——我要出院。

他们不准，要我再养养。

我拒绝。

去年一个同学丧父，也不过只缺课两星期，我要回去了。

我可以走，只是脚步浮一点，且又出冷汗，喘气。

医生说："太危险了，有几个夜里烧得一百零三[1]，但是眼睛倒养好了。"

我不响，有几个夜里，我睁眼看不到东西，只好乱拍乱打，幸亏也没有力气，总是被纳梵先生拉住。（我想是他，他的手很强壮很温暖，给我安全感，在那十天里，他的手是我唯一的希望。）

下午他来了。

---

[1] 华氏103度约为摄氏39度半。

我看见他，怔了一怔。

他瘦了，而且脸上的歉意是那么浓，眼睛里有一种复杂的神情。

他趋向前来，说："眼睛好了？"

我点点头，轻轻地摸摸那条疤。

他连忙说："医生讲会消失的。"

"我不介意。"我靠在床上，"纳梵先生，我想回家了。"

"我明白，可是谁照顾你？"

"我自己。"

"乔，到我们家来住好不好？"

我笑了："纳梵先生，学校里一千多个学生，人人到你家去住，那还得了？你对我这么好，我真是感恩不尽，你再这样，我简直不敢见你了，你看我，我什么事也没有，就可以回去了。"

他叹了一口气，把手按在我的手上。

我的眼光落在他的手上，他的手是大的，指甲修得很整齐，手腕上有很浓的汗毛，无名指上一只金子的婚戒。我有点尴尬，糊涂的时候，抓着他的手不要紧，现在我可是清醒的呢，他的手有千斤那么重，我缩不是，不动又不是。

我的脸又涨红了。

他却不觉得。

他静静地说:"你复原,我是最高兴的人了,我差点害死了一个学生,这么多教授做实验,我是最蹩脚的了。"他笑了,用手摸了摸胡髭。

我笑笑,他始终把这笔账算在自己头上,我不明白。

罗莲来了,看见我很高兴。

她没有说我难看,我安心了不少。

纳梵先生送我们回去的,刚好是星期五下午,他叮嘱我有事就给他电话,星期六如果不舒服千万别去上课,我都答应着。

罗莲说:"你看他瘦得那样子,平时多么镇静淡定的一个人,这两个星期真是有点慌,笑容都勉强的。"

我不响。

过了一会儿,我问:"罗莲,我是否很难看呢?"

罗莲说:"天啊,你居然活下来了,大家不知道多意外。"她口无遮拦,"你还嫌自己难看呢!我去瞧你,叫你,你都不会应了,手臂上吊着几十个瓶子,流来流去,只见纳梵先生面如土色地坐在那里,我连大气都不敢透,小姐,我以为你这条小命这下子可完了，又不知道该怎么写信通知你家里，还头痛呢，没想到你又活了，哈哈哈！"

"真的这么险吗？"我呆呆地问。

"由此可知傻蛋有傻福，居然好了，老天，你得了个急性肺炎，两班医生来看你，一队看眼睛，一队看身体，嘿！你这人真厉害，在学校抢镜头，在医院也一样，只要说：'那个中国女孩……'就知道你病房号码了。"

我侧侧头，耸耸肩。

"你瘦了多少？"罗莲问。

我虚弱地摇摇头："不知道。"

"星期一不能去别处，当心把命拖走了！"

我小心翼翼地点点头。

周末，纳梵先生又来了。

他精神比昨天好。他买了水果来，把过去的笔记、功课交给我。他看着罗莲在煮粥给我吃，就放心了。

我结果再休息了一星期才上课的。

看见一大堆功课，心急如焚，拼死命地赶，天天熬得老夜，罗莲一直骂，我赔着笑，实在撑不住了，捧着簿子就睡了也有的，衣服都没换，罗莲帮我洗衣服，熨衣服，收拾房间，又替我预备功课，追了一个月，做着双倍的工作，仿佛才赶上了，教授都劝我不要太紧张。

纳梵先生特地关照我，叫我身体第一，功课第二。

一个星期三，他在饭堂见到我，问："好吗？"他买了一杯咖啡，坐在我旁边。

这是我出院后第一次在学校里与他说话。

我说："再过一个月就考试了。"

他笑："你心里没有第二件事？"

我也笑："我身体很好，大家伤风，我没份，我只担心考试。"

"当心一点了——吃得好吗？很瘦呢。"纳梵说。

"中国女孩都瘦瘦的。"我说，"不要替我担心。"

他点点头。

我微笑地看着他，不出声，我用手摸着眼上的疤，那医生说了谎，我的疤痕并没有消失，不过也算了，看上去还有性格一点，一切事情过去了，回头看，就不算一回事，这也算是一场劫难，如果今年功课不好，就赖这场无妄之灾。

纳梵先生问："你功课不成问题吧？"

我说："大致上不成问题，我不会做会计，分数拿不高，很可惜，平均分就低了。"

他喝完了咖啡，坐着不走。

他不走，我也不好意思动。

他是一个动人的男人，有着成熟的美态，那些小子再漂亮也还比不上。

我看着他，一直微笑着。

终于他看了看手表，他说："我要去上课了，祝你成绩美满。"

我连忙说："谢谢。"

他走了以后，我老是有种感觉，仿佛他的手在我的手上，重叠叠的，有安全感的。我呼出一口气。想起来有点不好意思，生病的时候，人总是原形毕露的。他看见了多少？

考了试，成绩中等。我有点不大高兴，然而也没有办法，于是升了班。第一年成绩好，第二年中等，第三年不要变下三烂才好，我的天。

暑假是长长的。我没有回家，回了家这层小屋子保存不了，开学也是糟的，住得远，天天走半小时，我吃不消。我到意大利去了一次。在南部大晒太阳，脸上变了金棕色，搽一层油，倒还好看，眼皮上的疤也就看不见了。

隔了这么久，想起来犹有余怖——当时要真的炸瞎了眼睛，找谁算账，想起来也难怪纳梵先生吃惊，的确是险之又险，至于并发了肺炎，那更不用说了。

罗莲回了家，她毕业了。

从意大利回来，日子过得很寂寞。我看了一点书，闲时到公园去走一走。

日子真难过，在意大利买了七八个皮包，天天拿出来看，不过如此，过了这一年，人又长大了不少。现在死在外国，大概也不会流一滴眼泪了，人是这样训练出来的，可惜将近炉火纯青的时候，西天也近矣。

妈妈照例说我不肯写信。

将近开学的时候，我零零碎碎地买了一点衣服，换换新鲜。读到第三年，新鲜感早已消失，有人居然放弃不读，当伞兵去了，那小子说："烦死了，索性到爱尔兰去，也有点刺激。"但是我还得读下去，如果当初选了科自己喜欢的，或许好一点，现在硬记硬记，就不行了。

开学第一件事是选科。

我犹疑了一刻，选了会计与纳梵先生那一科。会计容易拿分数，比商业管理、经济好多了。然后胡乱挑了三科，一共五科，我只想读完了回去，没有第二件事。

纳梵先生见到我，并没有太大的惊奇，我读他那科读得有味道，他是知道的。

我们穿着白色的实验外套，他问我要做什么功课，我说："研究红外线对食物的影响。"开玩笑的成分很大。

他笑了。

会计老师见了我倒吓一跳。

正式开课的时候，纳梵先生替我计划了一个很好的功课，我听着，自然而然不住口地答："是，老师……是，老师……是，老师。"

然后他笑了。

我喜欢他，他也很喜欢我，只是他对每个学生都那么好，我有什么特别？我只不过在他一次实验中差点炸瞎了眼睛，如此而已。

他有时候说："我妻子问候你，她说欢迎你来我们家过节。"他说话的时候很随和。

我只说："啊。"

我没有意思去别人家过节，即使是纳梵先生家，也不去。我想只要过了这一年就好了，实际上也没有一年了，才九个月罢了。我想，既然过得了去年，就可以再挨一年。

上着课下着课，日子过得说快不快，说慢不慢，一下子就冬天了。

我做纳梵先生的功课，见他比较多。同学们笑："当心，他是有妻子的。"开头我不觉得，只以为是玩笑，后来就认为他们说得太多，就特别小心不与纳梵先生太亲近。

罗莲写信来问："纳梵先生好吗？"

威廉·纳梵。比尔·纳梵。

我说他很好。我与罗莲通着信，她是一个有趣的女孩子。

一直说要嫁外国人，结果还是回去了，我写信告诉她，别人误会我与纳梵先生有点奇怪的事，她回信来了，写得很好："现在年纪大了，想想也无所谓，爱上老师也很普通，到底是天天见面的人，可惜他有妻子，女儿只比你小一点……不然你就不必这么寂寞了，去巴黎都一个人。"

我笑笑，连她都误会了。

有时候做完实验，我与纳梵先生一路走到停车场去，还讨论着刚才的功课，在玻璃门上看见两个人的影子，他是这么高大，我才到他耳根，他又不怕冷，仍然是西装加一件羊毛背心，我却帽子围巾大衣缠得小皮球一样，站在他旁边，越发显得他临风般地潇洒，他跟我说话，侧着头，微微弯着身子。

我叹一口气。

纳梵先生常常要送我回家，我总是婉拒，推说交通挤，不同方向，走路还快一点。

我不高兴人家说闲话。

他喜欢我，因为我是一个好学生，不是为了其他。

当然我们也闲聊，我们大部分时间坐在实验室里，我与他说话的机会很多。

他常常迟到，我抄笔记等他。纳梵先生越来越忙，他最近要升副校长。

赶到的时候他总是连连地道歉。这么一个大忙人，连教课都迟到，那一阵子，天天在医院守着我，那时间不知道是如何抽出来的。

他有时候问我："意大利好玩吗？"

"没有法国好。"我回答。

"每个地方是不一样的。"他说，"我只在美国住过一阵子，其他地方没到过。"

"是吗？"我好奇，"英国人多数看不起美国。"

"你到过？"纳梵说。

"到过。"我说。

"我认为美国很好，我们现在要向他们学习了。"

我笑，到底是科学家，民族意识不十分强烈，肯说这种话的英国人，恐怕只有他一个。

"在美国干什么？"我问他。

"读书。"他说。

纳梵先生很奇怪，听说他没有博士学位，专门读各式各样的硕士，听说有三四个硕士学位。他说念博士太专了，学的范围很窄，他不喜欢。

这个人的见解很特别，但是我不能想象他上课的情形。他？学生？我想到了常常微笑。

他可能并不知道同学制造的笑话，有一次我为这个生气了。我们一大堆人坐在饭堂里，我在看功课，头也没抬。忽然他们推我，"喂！纳梵先生找你，在叫你呢！"我连忙把笔记本子放下，站起来，"哪里？"我问。纳梵先生已经走在我面前了，我追上去问他："找我？"他一怔。我马上知道他不过是来买咖啡，根本没有找我。

我的脸慢慢红了，连耳朵脖子都涨得热热的。我向他说："对不起，我弄错了。"

结果我一星期没同那几个同学说话。

罗莲说过我："你这人，人家说什么你相信什么。"

结果在大庭广众之下，截住了教授，又说不出话，多少人看着？

纳梵先生知道了，笑说："这也很平常。他们看你傻傻的，就作弄你。"

我忽然跟他吵起来："我不傻！谁说我傻？"

他一怔，看着我，有点诧异。

我胜利了，我说："我有时候也说，'不，老师'的。"

他笑了，摇着头。

有时候我看着他，也根本说不出他吸引人在什么地方，他穿的衣服是最老式的，最灰暗的，头发与眼睛的颜色都不突出，棕色而已。

纳梵身材也不美，且微微弯身，耳朵又聋，但是一看见他的样子，我就把这些都忘了，男人真正值钱的，还是风度与学问。

到后来，我只要在人群中看见他，就发怔地微笑，我倾慕他。在实验中，我无论遇到什么难题，他一来，只要三分钟就解答出来，而且还是谨慎温柔地向我解释。

我决定将来要嫁他那样一个人。年纪大的，像一座山似的给我安全感。

我毕业了。

妈妈叫我立刻回家。

我去道谢，逐个老师说几句话，最主要是"再见"，轮到纳梵先生，我不知道说什么，我笑着。

他本来坐在沙发上，见到我站起来，让我坐。

我请他坐，自己拉了一张椅子来。

他说："你不等文凭出来了？我们会寄给你的。"

我说："谢谢。"

他说："你顺利毕业，我很高兴，成绩一定很好。"

"不敢当。"我还是笑着，不知道怎么回事，笑容有点僵。

"打算工作？"他关心地问。

"嗯。"我说，"先休息几个月再说。"

他侧侧头，看我，笑了："那条疤痕还在。你男朋友一定很生气。"

我说："我没有男朋友。"

他微笑："就快有了，怎么会没有男朋友？"

我沉默了一会儿，我说："再见。"

"明天走？"他问，"东西收拾好了？"

"不，今天晚上，行李早寄出了。"

"一路顺风。"

"是，老师。"

他忽然笑了，把杯子放在桌子上，用手拍拍我的肩膀。

我终于问他："你会记得我，纳梵先生？"

他说："自然，如果再来英国，请来看看我们。"

我走了。

回到家，就开始觉得寂寞，无边无涯无目的的寂寞。

我并没有找到工作，也没有找到男朋友。找工作比较容易，但是不理想的工作我不想做，找男朋友不用说了，太难。

忽然想起以前有太多的机会跟各式各样的男孩子出去，都放弃了，为了功课，为了其他，现在闲了下来，要一个人做伴，反而找不到了。

亲戚们见我回来，开始兴致很高，后来见我仍然是两个眼睛一个鼻子，就不怎么样了，再过一阵子，见我待在家中，就开始说："女孩子留什么学？古怪得很！"

我都不理。

我在外国的一段时间，最可怕恐怖的，是伤眼兼肺炎住医院的那一个月，最值得想念的，也是它。我看着眼皮上的疤痕，就想起纳梵先生。

如果再见他，我应该叫他"比尔"了，比尔·纳梵。

我回家一年，长大了很多，也气闷了很多，我想走。

一年后我才找到工作，学的东西并没有用上，明争暗斗，闹心术的本事倒得从头学起。我已不得逃回学校去，情愿一天到晚地待在实验室。没做几个月，就厌透腻透，妈妈很了解我。

她问："你怎么办呢？要不要再去读几年书？反正还有硕士博士，只是读完之后，终究要出来做人的！"

我说："躲得一时躲一时吧，我怕这世界，学校是唯一避难所。"

"那么你去吧。"

"妈妈，不好意思，"我笑，"又不能陪你了。"

"你这一次去，一年回来一次，知道不？"

"知道。"我答应着。

三

他轻轻地把我的头按在他胸前，

我两只手臂自然地抱住了他的腰，他很温暖，

那几秒钟像永恒一样。

那一年夏天刚过，我就到英国了。原来可以住伦敦，但是第一件事，就回了学校。

我朝小路走去，熟悉而快乐，我惭愧地想：原来我的心在这里，在这里呢。

如今隔别一年，我长大了，他们看见我，可认得我？我扬起头发，向前奔过去，走到半路，我放慢了脚步，我看见了他，纳梵先生！我几乎怀疑我看错了，但是一点也没错，那正是他。

纳梵先生捧着一大堆书，那样子与以前一模一样，他向图书馆走过去，极专心地，极严谨地。

他没有留意我。

我犹疑了一刻，终于忍不住，叫了他一声："纳梵先生。"

他转头，看见我，呆了一呆，马上微笑着，但是他没把我认出来，我很失望，我耸耸肩，到底大学再小，也有上千个学生，他怎么可能把我认出来？况且我又走了一年多了，他看着我。

他忽然问："乔？是乔？"

哎！他终于把我认出来了。我笑："是乔，我是乔。"

"你不是回家了吗？"他说，"啊，又回来了。"

"你去什么地方？"他问。

"我到学校去看看。"

"我到图书馆去。"他说，"再不去就要罚我钱了。"

我笑："我与你一道去，没关系吧？"

"自然没关系。"他说。

他现在并不是我的老师了，我很自然。当然这么做有点尴尬，跟着一个男人到处走。但他不只是一个男人，他是我的教授，我们认识有三年了。

"每个人都好吗？"我问，"一年不见了。"

"很好，谢谢，大堂又装修过了，新的学生来了去了——"他忽然说，"我老了。"

我看他一眼，他跟以前一模一样，怎么可以说是老了，我笑说："老？我不觉得，科学家是不应该注意到老与不老的，这是我们女人的麻烦。"

他说："你这次来，是度假？"

"不是，我想找一个学位再念下去，或是有好的工作，就住下来。"我叹一口气，"本来我在家是一个很快乐的人，到了英国，变成一个很不快乐的人，终于习惯这环境了，又得回去，谁知到了家更不快乐，只好又回来，受着东方西方的折磨，真倒霉。"

他有点惊异："只是——我不大明白。"

我微笑，我说得太含糊了，他当然不会明白。

黄昏了，黄叶一片两片地落下来，他只穿着一件浅蓝色的长袖衬衫，衬衫袖子高高卷着，他还是穿着那几件衣服，天这么凉了，他也不觉得冷。

但是我与他走在一起，觉得有种说不出来的开心。

到了图书馆，我陪他还了书，他问我要不要喝一杯茶。我们到饭堂去坐下。

坐在这个简陋的饭堂里，喝着四便士一杯的茶，却比在家坐那些豪华咖啡座好多了，快乐，快乐是极难衡量的一件事，快乐在心里。

"纳梵太太好吗？"我问他。

"好，谢谢，我女儿今年进中学。"

"恭喜。"

"她长得很大了，真奇怪，有时候看着孩子长大，几乎不可想象，她现在很有主张，穿衣服、吃东西，都不大肯听父母的话，乔，你有空吗？到我们家来吃一顿饭如何？"

他为什么不叫我到外面去吃饭呢？

我想一想，说："好的，几时？"

"你现在住哪里？"他问。

我把电话与地址给他。我住在一层新房子里，设备完善，在外国我从来没有住得这么舒服过，简直是豪华的，中央暖气永远在七十度[1]左右，在屋子里不过穿单衣。虽然房租贵，但是地方很大，一个人怎么都住不完，真是舒服，我情愿在零用方面紧一点。

"好，明天早上我打电话给你。"他说。

他要走了，我与他走到学校门口，道了别。

然后我问自己：这次回来，是来看他的吧？怎么可能呢？

---

[1] 此处指华氏度。

来看他？他不过是一个教授，我们学校里有七十多个教授，为什么光是看他？不是的，只不过他对我好。我需要一个关心我的人——谁不需要？

回家途中我买了一点食物，胡乱煮了就吃，上床很早。

人在外边有一个好处，有什么麻烦，耳根也清净点，在家对着一大堆爱莫能助的亲戚朋友，更加徒增歉意。

心烦意乱，现在自己照顾自己——人总得活下去的，所以照顾得自己很好。

有时候我发觉我是很爱自己的，在面前放一个镜子，录音机里录着自己的声音，或是我怀疑自己的不存在？

吃完了，拾起报纸，我上了床。看着报纸上的请人广告，我想，做事也好，至少有收入，也可以得点经验，不如去试一试，因为空着，所以一口气写了几封信，贴上了邮票，待明天起来去寄。

然后我睡了。

电话铃把我吵醒，我拿起话筒。那边是纳梵先生。"乔吗？"我说是，他说："今天晚上七点钟，我来接你好不好？"他来约我到他家去，我说好。他挂上了电话，真爽快磊落。

我起床，洗了一个澡，泡在水里很久很久，然后穿好衣服，出去寄信。走过一间理发店，我问他们有没有空，他们说下午可以替我剪头发。我于是到城里去逛了一逛，买了一点冬天衣服，然后坐下来吃了点东西，再去理发店。

天色渐渐地黑下来，我拿着大包小包的东西，不耐烦等公共汽车，我叫了一部计程车。

头发剪短以后，我整个头都轻了，扬了头，觉得很舒服。

到了家，我把新买的衣服拿出来挂好。我洗了一下脸，抹一点油，想化妆，但是时间不早了，又想换一件衣服，身上还穿着破牛仔裤与旧毛衣，去纳梵先生家做客，这样似乎不大好。我又想起不应该空手去，于是拿了两盒糖，就在这时候，门铃响了，我苦笑，纳梵先生是最最准时的，看来我只好这样子去了，我抓起了皮包与外套，下楼去开门。

门外站着纳梵先生，微笑温暖如昔，他手上搭着西装，身上仍然是衬衫一件。

我笑说："请进来。"

他进来了，我请他坐，他惊异地问："你一个人住？"

我点点头。"要喝什么吗？我去做茶。"

"好的，谢谢。"

我说："你可以到厨房来坐吗？厨房比客厅还舒服呢。"

他走进来，说："这层房子很舒服。"

我很快做好了茶，递给他，他喝了一口，笑了："好淡的茶，在这里这么久，茶还是做得淡淡的。"他摇着头。

我有点意外，他在取笑我。教授是不取笑学生的，由此可知我升级了，他没有把我当学生了，我说："很多人以为泡茶容易，其实才怪，就像煮饭，毛病百出，真不容易，都是看上去简单的事。"

"你预备好了？"他笑问。

我说："就这样了，可以吗？"

"可以，我妻子问：'乔回来了？请她与她男朋友一起来，我想见见她。'"他说，"我们都欢迎你回来。"

"谢谢。"我停了一停，"但是我没男朋友。"

他微笑着，维持着他的尊严，不出声。

我说："这种事就跟煮饭做茶一样，看上去顶容易，其实最不简单！"

我们出门，上了他的车，他开一部很旧的小车子，可以挤四个人。我不是不知道这世界上有什么好车子，但是与他在一起，不会计较这些小节，他的优点遮盖了一切，从开始到现在，我始终认为他是个不可多得的男人。

他的家也是一个舒服但是普通的家，他有一子一女，女儿正在客厅看报纸，见到我，眨眨眼睛，表示兴趣。然后纳梵太太出来了，她——我还是第一次见她。她是一个棕发的女人，中年女人该怎么样，她就怎么样，实在没有什么特点，但是人非常热心。

她伸手与我握一握，"乔，你终于来了！"一脸的笑容。

我坐下来。

又是茶，又是饼干，我吃得整个嘴巴酸酸的。

纳梵太太说："怎么你还是这么瘦呢？自从在医院里见过你，怎么请都不来！对了，你那次并没见到我，眼睛完全没事吧？"

我只是客气地笑着。

"这是妮莉，"她介绍着女儿，"妮莉，麦梯在哪里？叫麦梯下来见这位年轻的小姐。"

"麦梯在看足球比赛，他不会下来的。"妮莉说。

很正常的一个家，因此就有说不出的普通。

纳梵先生真的属于这个家？他此刻带歉意地说："孩子大了简直没办法呢。"

纳梵太太看着我："照我看，东方的孩子就很好。"

我说："我早不是孩子了。"

纳梵先生说："乔也不是好孩子，回家才一年就回这里来了，说回家不快乐。"他笑。

纳梵太太也笑，"啊？"她把我端详着。

我说："我不是孩子。"

他们夫妻俩一对一答，我顿时寂寞下来，有点后悔来吃饭，吃完饭又要喝茶，喝完茶不知几时可以脱身。我默默地想：夫妻要这么平凡，才容易维持感情，然而纳梵先生并不是一个平凡的人啊，我不明白。

开饭了，我坐在客人的位置上。纳梵太太很健谈，絮絮地话着家常，我却坐得有点疲倦了。最怕吃家里做的西餐，不过是一块老得几乎嚼不动的牛肉，几团洋山薯[1]，入口淡淡的，一点味道也没有，拼命地加盐加胡椒，吃完了还得虚伪一番，假装味道奇佳。

纳梵太太并不是很好的厨师。

吃完了饭，我仍然饿得很，想回家做一碗青菜虾米面吃。我们又开始闲聊——累都累死了。

---

[1] 即土豆。

纳梵太太忽然发觉我剪了头发，说中国女人应该有长头发的，又说样子剪得很好，等等等等。我静静地听着，纳梵先生也静静地听着，忽然之间，我发觉只有她一个人在不停地说话。

我起身告辞，外国人有一样好，他们并不苦苦留客。纳梵太太嘱丈夫送我回家，外国人也还有第二样的好，老婆绝不跟着丈夫像防贼似的。我说可以自己叫车，结果还是由纳梵先生送我回去。

他在归途中笑问："很乏味是不是？"

"……没有。"我喃喃地否认。

"你们年轻人过不惯这种日子，你们喜欢七彩缤纷，多彩多姿，这种家庭生活，真是有点无聊，却适合我，我是一个没有嗜好的人，连酒吧都不去。"纳梵说。

"你的嗜好是教书与读书，纳梵先生。"我提醒他。

他笑了。

我说："而且你一点也不老。"

他把车子停在我门口，我向他道别，跟他握手。他的手还是强大而有力。时间又回到那家医院去了，他陪了我那些日子，我低头笑一笑，回了屋子。

我没有什么可以找他的借口。以前上课还可以天天看见他，现在无端端去找他，就是要缠着他的意思。我不想这么做，只好坐在家中。

我去各家大学取了章程来看读哪科硕士。很多学生毕业之后，就改行读会计，因为好赚钱云云，我不大管这些，我要选有趣的科目读，如果要赚钱，现在就可以赚。

就在这个时候，我写去的求职信都得到了回复，其中有一份工作的待遇非常理想，我想了一夜，决定赚钱，不再读书了，至少暂时不读。

我应约去面试，他们见是外国人，很是惊异，然而也没有什么问题，只问我有没有亲戚朋友，我很自然地填了纳梵先生的地址。我想这份工作大约是没有问题的了。

于是我想要通知纳梵先生一声，不然他做了保人也不知道。

我把车子（对了，我买了一部 TR6[1]，新的，黄色的）开到学校去等他，问过校役，知道他五点半下课。

我没有走进去找他，只是坐在车子里，下雨了，雨丝打

---

[1] 一款英国六缸跑车，上市年份为 1969 年。

在车窗上，车窗冰冷。我把头侧侧地靠着，手放在驾驶盘上。街上很静，天早黑了。我觉得寂寞，无比地寂寞。

然后他出来了，他没有开车，没有撑伞，走了出来，我开动了车子，跟在他身边，响了响号——原来对老师不该如此轻佻，但是我实在太累了，太寂寞了，也不高兴再掩饰自己了。

我把车窗摇下来。"纳梵先生！"

他转身，见到是我，我把车门打开。

他弯下身子问："乔？"

我说："你的车子呢？"

"太太开到伦敦去了。"他说。

"纳梵先生，你有没有十分钟？我有话想跟你说。"我说，"如果你不介意，我送你一程。"

他坐到车子里来，因为他人高，车子既矮又小，他缩着腿，他说："天呀，我的公事包放哪里？"

我笑了，把他的公事包拿到我这边来。

"开这种车子，要当心。"他说。

"哪里，样子不错，其实跑不大动。"

"你们这一代最好车子能飞。"他笑。

"对不起，纳梵先生，我实在有事要跟你说的。"

"为什么不找我？你在外头等了我多久？"

"没多久。"我把应聘的事跟他说了，"在这里我实在没有亲戚朋友，所以只好把你的名字填了上去。现在才来通知你，求你别生气才好。"

"没有关系，"他说，"所以你决定工作了？"

"是。"我说。

"那也好。乔，你如果有这种事，尽管找我们，一个女孩子在外国，是要有人帮忙才行的。"

"谢谢你，纳梵先生。"

他也笑笑。

我开动了车子。

他说："可该庆祝一下，你找到工作了。"

"我想请你们到中国饭店去，要不要把孩子们与纳梵太太都请出来？会不会匆忙一点？"

"她与孩子们到伦敦去看外公外婆了。"

"我请你！"我顺口，"改天再约齐了他们，可好？"

"怎么好叫学生请客？"

我笑："我三千年前就毕业了，才不是你学生呢，因为尊敬你，才叫你纳梵先生的。"

"你可以叫我比尔。"他笑。

我一怔，想了一想，我说："不，我还是叫你纳梵先生。"

他摇摇头："你是一个很奇怪的女孩子。"

"一点也不奇怪。"我说。

我把车子开到城里去，赶着快车，开得有点险，纳梵先生说："这样子开车——"我笑，"女子驾驶都是这样的。"

我没想到他会答应我的邀请，大概这只是他们的一种大方，而且我们毕竟相当熟稔了。

我叫了几个菜，吃得很多，纳梵先生很会用筷子，说是以前学的，他连啤酒也不喝，又不抽烟，我自然也没烟瘾酒瘾，反正活到这么大了，我是有点遗憾的——太乖了，乖得不像话，像一张白纸，一点字迹也没有，因此就乏味，好像根本没活过似的。

纳梵先生说他在美国念书时的趣事："——有个冒失鬼误按了警钟，大家马上疏散，我刚好在实验室，想：这下子可完了，怎么逃得过辐射？赶紧丢了仪器逃命，却原来是虚惊一场，也幸亏是虚惊。"

我笑。

他说:"自从你那次之后,学校里又发生过一桩事,一只红外线炉子爆炸了,不知道是哪一个学生的杰作,开了炉子忘了关,也不注意红灯。"

"有人受伤没有?"我问。

"没有。"他说。

"其实——纳梵先生,那一次我受伤,你始终认为是你的错吧?"我问。

"自然是我的错。"他说。

"并不见得。如果你一直这么说,我就有自卑感,我会想:纳梵先生对我好,不是真的,不过因为内疚之故,他请我吃饭,做我保人,全是为了内疚,不是因为他真喜欢我。"我说。

"当然我们都喜欢你,"他笑说,"你是知道的。"

我笑笑。是吗?纳梵先生对人最公道最和蔼最负责任,谁不知道?我有什么例外呢?

我招手叫侍者结账,侍者笑嘻嘻用广东话说:"这个西人已经买咗单啦。"

我马上说:"呢个西人系我教授来的,你唔好误会。"

他笑得这么有内容,非得堵堵他的口不可。

我跟纳梵先生说:"说明是我请客的。"

"怎么可以这样。"他笑,"没这种道理。"

"谢谢你。"我说,"改天我再请你们。"

"改天再说吧。"他说。

我不响,弄着桌子上的筷子,我倒是真心诚意地请他,他们英国人是很省的,上馆子当大事体,这样无端端地花了几镑,倒叫我不好意思,我的零用绝对比他多呢。他们生活简朴得很。

这时候饭店在放时代曲唱片,是一支很普通的歌。

纳梵先生问我:"这是中国歌?"

我笑,"是时髦的中国歌,不是真的中国歌,就像大卫·宝儿[1]的歌并不是英文歌。"

中国歌应该是:"哥是天上一条龙,妹是地上花一丛。"

但是时代曲也很缠绵,那歌女在唱:

早已知道你没良心,

偏又爱上你。

---

[1] 即大卫·鲍伊(David Bowie),英国著名摇滚音乐家。

为何始终相信你，

深深沉醉不怀疑。

曾经对你一片痴情，

谁知你把我忘记。

寸寸相思为了你，

依然抛弃我远去。

恐怕是女人亘古的悲剧。我没有正式地谈过恋爱，只跟男孩子出去看过电影吃过饭，互相当对方是大麻风，离得远远的，几尺距离，客客气气地说着话，淡而无味地过几个钟头，回了家。

我不是天生的善男信女，只是没有浪漫放肆的对象。

我轻轻地问纳梵先生："可以走了吗？"

他点点头，我与他站起来，他为我穿上外套，我向他笑笑。我们上了车，仍然由我把他送回去，他指点着我路的方向，我只转错一次。

他下车时一直道谢。

我还是微笑，然后就把车子开走了，我想到我的寂寞，回了屋子，暖气开了一整天，十分暖。

我躺在床上，轻叹一口气。过了几天，那家公司打电话来约时间，说他们的老板要见我，我约了一个下午。去见了他们，他们倒是用了我，年薪二千英镑，极不错了，但是除了税、保险，这个，那个，恐怕不够用。

幸亏妈妈一定会帮我分担一点，我十分惭愧，这么大的人了，又大学毕了业，又找到工作，却还要父母负担生活，像什么话！

我把工作承担下来了。

以后天天九点钟去上班，五点下班。

替外国人办公并不轻松，只是相处倒还融洽就是了。

有几个男孩子不到一星期便想约我出去，我推周末没空，他们说平时去喝一杯茶也是好的，推不过也只好去了。外国男孩子是好伴，大多数谈笑风生，只是与他们在一起，给人见了不好，有种说不出的土——怎么跟外国男人泡？于是总离得他们远远的，维持着客气的态度。

可惜男人奇怪得很，越对他们客气，他们越想接近，所以男同事都对我很有企图。我老板叹气说："我用了三个女秘书，都叫他们给追求去做老婆了，你恐怕也做不长的！"

是的，女人把所有的地方都当婚姻介绍所。

　　然而我努力地工作着。

　　有同事的约会，时间过得快，一下子就近圣诞了，圣诞一到就有种急景残年的感觉，十二月中我去买礼物，准备空寄回家。妈妈对我的工作不大满意，她认为薪水太少了，而且一个人在外国辛苦，为了这个，她不大与我写信，到了无论什么节，我就想家。

　　那天落了一场雪，地上积了一层白，很冷。下了班一个男同事等着我。他要约我圣诞夜出去喝酒吃饭，我说要想一想，过几天答复，他耐心得很，连声说好。

　　我替爸妈选了两件羊毛衫，马马虎虎的货色，并不理想，不过是略表心意罢了。

　　走到马路上，人潮涌动，我皱着眉头，拉了拉大衣，真是冷啊，地上的雪被踏碎了，天上的雪却又在飘下来，白的，细小的，寂寞的。

　　这样我真想回家。

　　我擦着路人的肩膀，向停车场走过去，就在停车场门口，我看见了他。

　　他叫我的。"乔。"他叫我。

　　我转头，那种情景，非常像"……回首，那人却在灯火阑珊处"。我只好微笑。

"纳梵先生。"我称呼他。

他走上来，"好吗？"他问。

这城到底不比伦敦，是小地方，到处撞到人的。我不是不想见他。只是见了又怎么样？我只好笑。

"圣诞了。"他说。

我点点头。

"赶着回去？"他说。

"不赶。"我说，"有喝咖啡的时间。"

他笑："要不要去喝咖啡？"

"不妨你？"我问。

"没有，乔，来，我们去邮局旁边的咖啡店。"他说。

我与他高高兴兴地又从停车场走出来，信不信由你，这时候的雪地变得这么美。

他说："今年第一场雪。"

我们走到咖啡店，他买了滚烫的咖啡，递给我。我去接的时候碰到了他的手，他抬头看我，不响，我也不响，小咖啡店挤满了人，烟雾人气，我跟着他挤着坐下，我慢慢啜着咖啡，眼睛看着别处。店里热，我没有脱大衣，只脱了一只手套。背上渐渐有汗。

他问："还住原来的地方？"

我点点头。

"工作理想吗？"

我点点头。

"多日不见你了。"

我点点头。

他也喝着咖啡。

我缓缓地转过头去，发觉他两鬓稍微有点白了。他转过头来，也向我笑了笑。

我清了清喉咙。我觉得我该说话了。

"纳梵先生！"

"什么，乔？"他看着我。

"你是我老师。"我说。

"很久之前的事了，乔。"他笑。那种"长者"式的笑。

"但是你还是我老师。"我说。

"又怎么样呢？"

我鼻尖冒着汗，手心冒着汗，我说："不要笑我。我……爱你很久了，纳梵先生。"

他一怔，杯子很轻微地震了一下。

我说："我不是开玩笑，我只是想告诉你，如此而已。"

他不响。

我放下咖啡杯，叹一口气，就往门口走，我轻轻推开人群，挤到门口，推开玻璃门，走到街上去。我低下头。告诉他也好，他必然害怕，以后也不敢再见我——又有什么关系？反正现在也是见不到。

我匆匆向停车场走去，路上还是人山人海。我在停车场二楼找到了车子，用锁匙开了车门，还没坐进去，就有一只手搭上来，我吓一跳，猛地回头看，站在我身后的却是纳梵先生，高高稳重，微微弯着身子，在暗暗的灯光下我看了他的眼睛，眼睛里有这么多的温柔了解。

我忽然怔怔地落下泪来。

他是几时跟着来的，我竟一点不知道。

我看着他，他一点也没有生气——为什么他没有生气？

他看着我，默默地掏出手绢，替我抹了眼泪。

眼泪流进我嘴巴里，咸的，我怔怔地站着，哭了又哭。没有法子停止，心里却有一种异样的感觉，仿佛所有的积郁不如意，全部从眼泪里淌走了。

他轻轻地把我的头按在他胸前，我两只手臂自然地抱住了他的腰，他很温暖，那几秒钟像永恒一样。

然后我松了手，我打开车子的门，走进车子里，我开动了车子。车子像箭一般滑出去。

我没有开回家，把车子驶到公路上去了，在郊外兜了近两个钟头，也没有关上车窗，冷风一直刮进来，吹得手指僵硬，耳朵鼻子都发痛了，我停了车，叹口气，头枕在驾驶盘上。

明天还是要起床的，我想。

回去吧。

我缓缓地把车子开回去，在门口就听见电话铃响，我停了车子，开了门，奔进去拿起话筒。

"乔？"

"是，"我说，"纳梵先生？"喘着气。

"是，"他说，"你去了什么地方？你叫我担心了。"

我不响。

他也不响，隔了很久，他说："我来看你。"

现在？我想问。

"现在来。"他说着挂断了电话。

我怔住了，我关上了大门，脱了大衣，大衣上染满了刚才酒吧里的烟味，我在黑暗里走上楼梯，在黑暗里躺到床上去，点了一支烟抽。应该睡觉的，这么疲倦。应该向纳梵先生道歉的，他实在太担心了，应该……

我原则上不是一个好人。

幸亏不是在学校里，在学校就不好意思了，第二天还要见面的，现在就没关系。现在想起来，刚才的勇气真不晓得是从哪里来的。

我自床上坐起来，按熄了烟，门铃响了。

我下楼开门，在路灯下站着纳梵先生。

我低着眼说："我没有事，你放心。"

他进来，我接过他的外套与帽子，挂好了。

我没有勇气看他。

他到厨房去，做了茶。

我坐着，呆呆地看着地板，我真有说不出的疲倦，也许真应该回家了。

"你吃了饭没有？"他温和地问。

"那不重要。"我说。

他拉开了冰箱，冰箱里是空的，他只好又关上冰箱。

"一点吃的都没有。"他说。

我抱歉地摆摆手。

他把一杯热茶递在我手中，他碰到了我的手，我才发觉我的手原来是这么冷，我把它们藏在腋下。他坐在我对面，喝着茶。厨房里只有一盏小小的灯，暗暗的，地板上拖着两个人的影子，我在等他开口教训我。

每个人都当我孺子可教，教我过马路教我过日子教我穿衣服，他一向尊重我，我倒要听听他教我什么。

他放下茶杯。

他说："乔——我老了。"

四

我只想见到你，见一次好一次，

我并不知道还可以见你几次，

说不定你今天一走，以后再也不来了，

但是我不大理以后的事，那是不能想的。

我抬起头。

"当你看着我笑，我想：每个女孩子的笑容都是可爱的，她不过是礼貌，她是一个好孩子，她尊重她的老师。当你的眼睛闪亮，我想：她年轻，她有全世界。然后你回去了。再次在路上看见你，我想我是看错了，但是你招呼我，你跑来找我，我认为是巧合。每次见到你，我总有种犯罪的感觉，我是一个中年男人，有家庭有责任。但是我向往你的笑你的姿态，你说我是不是错了？"他缓缓地说着，语气是镇静的，温柔的。他的目光落在茶杯上。

我伸出了颤抖的手。他握住了我的手。

"乔，我们都有不合理的欲望。"他说。

我动了动嘴角，没出声。

"我是有妇之夫。"他说，"我只希望我青春如你。"

我抬起了我的眼睛，他脸上的神色是凝重的。

我说："我不要你青春，我要你这个样子，我喜欢你这样子。"我很固执。

他笑了，托着我的脸。

"你的天真，"他说，"你的倔强，你的聪明，你的好学，我没有见过你这样的学生。"

我摇摇头，"我是一个笨人。"我说。

他说："乔，你不应这样看好我。"

我问："你可爱我？"

他静默，隔了一会儿，他说："是的，我爱你。"

我的心一酸。"我并不知道。"

"我怎么告诉你？"他温和地问，"我根本不该告诉你。"

"你不知道我爱你？"

他继续微笑："你何尝爱过我？你是一个孩子，你在异国寂寞，一个人住着这么大的房子，没有伴，所以才这么想。"

我说："或许，我离开家，再回来，可是为了你。"

"不是真的。"

"纳梵先生，你晓得我是不说谎的。"

"乔——"

"请相信我。"我低声地说。

他不响，只是用手拨着我的头发。

我说："我……很快乐，你也爱我……只是别当我是一个学生，一个孩子，当我是一个女人，我是一个女人。"

纳梵叹了一口气。

我勉强地笑了一笑。但是他有子女有家庭，他是一个好人，他有根深蒂固的责任感。我把脸埋在他的手掌里，有什么办法呢？我是这么需要他。

"明天放假，我再来看你，今天早一点睡。开车小心一点，当心着凉。"

"听听，把我当女儿看待。"

"你的确可以做我的女儿。"

"你不老，谁说你老。"

"我四十七了。"他说，"乔，你只有二十岁。"

"二十一岁。"我改正他。

"就算二十一岁，有什么分别？"

"一年的分别。"我固执地说，"一年前我还在家里。"

"好好。"他告辞，很礼貌地告辞了。

他说明天再来看我。

第二天我从下午四点钟开始等，默默地等，一直到六点，他还没有来。他是吃了饭来？我可还是饿着肚子。但是我没有抱怨，我知道这是必然的事，他是一个有家室有工作的男人，岂可以凡事说走就走？总得找时间想借口。我叹口气，如果要人准时到，可以找一个小伙子，吃饱饭没事做的，为女朋友昏昏沉沉，赴汤蹈火的。

然而这年头的小伙子也不这么纯真了，也都很坏，吃着碗里，瞧着锅里，苗头一不对，便蝉过别枝，我还是耐心地等一等好。

很明显，我爱情的道路并不平坦，一开头就挣扎得有点累，但他的确是我爱的，是我要的。我自以为这是段不平凡的感情，也许在别人眼里看来，却普通得很呢。

我靠在沙发里，呆呆看着电视，电视的画面在跳动，没有声音，所有的等待都是这样的吧？没有声音。电话也许随时会响，我又叹一口气。

他说他爱我，是怎么样的一种爱？还是他怕我情绪不稳定，会闹出什么事来，所以才用话阻我一阻？

我看钟，六点半，七点。

只有一段时间他是天天陪我的，我伤了眼的那三个星期。然而那段日子是不会再回来了。我想到家。也许应该回家的，在这么远的地方，在这么陌生的地方，有什么结果呢？然而我还是等着。

等到八点，我弄了一点东西，胡乱吃了，想他大概不会来了，只好上楼去。

他妻子或许已经为了昨天疑心。或许他今天实在走不开了，然而他不该连电话也不来一个。男人或许都一样，可是无论如何，他该是个例外——抑或他也根本一样？

窗外每一辆车子经过，我都以为是他，心提起了又放下，又再提起，又再提起。

我苦笑，对着镜子苦笑，为什么这个样子？吃着父母的饭，穿着父母的衣服，感情却被一个不相干的男人控制，还没开始就已经这么痛苦，有什么好处？

要是现在走，还来得及。

但是我没有走。

他没有来。也没有打电话来。

他竟这样。

我很失望，而且也很灰心。

我说的都是真话，他却以为我开玩笑？抑或相信我说的是真话，却害怕了？我不明白。

我只知道他答应会来，结果没来。

我并没有去找他，我也没有回家，我独自一个人开了车到处逛，一星期的假显得这么长。

我在路上碰到彼得，那个常常约我出去的男同事。

他拦住了我，他笑道："乔，到哪里去？"

我抬头才见是他，只好跟他说了几句话。

他说："乔，如果你有空，我请你喝酒。"

"别浪费时间了，彼得。"我笑。

"浪费时间？是什么意思？"他反问。

"你会累死，请看戏吃饭喝酒，又花钱，又花时间，我们中国女孩子是不跟人家乱亲嘴上床的。"

彼得的脸慢慢涨红了，他是个长得很好的男孩子，生起气来有点憨气，他说："乔，我不知道本国的女孩子是否乱跳上床——"

"对不起，"我连忙说，"我言重了。"

"你还得道歉，我可没有这种主意！你是一个可爱的女孩子，请你出去只是很自然的事，如果你喜欢跟我亲嘴——我不介意，反正我不会勉强你。"

　　我笑了，把手藏在大衣口袋里。

　　他叹了一口气，无可奈何地看着我。

　　我说："彼得，来！我请你喝酒。"

　　"真的？"他喜出望外。

　　我看着他的金发蓝眼，点点头，"真的。"我说。

　　我把手臂穿进他的臂弯里，我们向最近的酒吧走过去。

　　他说了很多，我默默地听着。

　　彼得在说他的父母，他的弟兄，他的大学时期，他的工作前途，他的抱负，他的——

　　然后他忽然转向我。"乔，你有男朋友吗？"

　　我缓缓地摇头。

　　"我常常以为你在家那边有男朋友。"

　　"没有。"

　　"你父母大概反对你跟白种人来往？"他又问道。

　　"也不一定啦，"我说，"他们并不固执。"

　　"那么——"

　　我接上去："朋友很难找，彼得。"

　　"你不喜欢我？"他憨憨地问。

"我喜欢你，彼得。"这是真话。

"谢谢你，乔。"他拍拍我的手背。

我笑了。

他是一个好伴，一开头把话说明了，他是个好伴。

我们说了一会儿话，我就向他说要走了，他没有留我，很大方地要送我回去，他没有车子，结果是我送他，他有点不好意思。

他说："乔，我会打电话给你。"

我笑。也好，家里的电话也该响一响了。

我把车子飞驶回去，在门口停下来。找锁匙，开大门，一个人影在我身边出现——"乔。"

我吓一跳，手袋报纸一股脑儿地跌在地上，他帮我拾起来，是他。

我冷冷地说："你好，纳梵先生。"

他正俯着身子，听见我那讽刺的声音，抬起头呆了一呆。

他不介意。"我等了你很久。"

我不响，开了门，他跟着我进来。

"你的电话坏了，我打了三天打不通。"

我一呆，"是吗？"我马上抓起电话筒，一点声音都没有，是真坏了，几时坏的？真巧，我不出声。

"我担心你。"他坐了下来，"我一见不到你就担心。好像你一个人在这里是我的责任——自从你的眼睛受伤之后我就开始担心你。"

我不响。

"那天我没有出来，我妻子，她伤风在家，我要照顾孩子们。"他说，"你大概是生气了。"

我看着他的后颈。我什么也不说，我早已原谅了他，我甚至根本没有生他的气，他不必解释，我爱他，他随时来，我都会推掉其他的约会。

这是不可理解的。

他坐在沙发上，我站在他身后。

"乔，"他说，"我爱你。"

我的脸慢慢涨红了。

"不是像一个孩子般爱你。"他肯定地说。

"是，老师。"我说。

我把手搁在他的肩膀上。

他握住了我的手，转头看我。

笑容在我脸上慢慢绽开，我俯下脸吻他的额头。

这是我第一次吻他，他震了一震，叹了一口气。

"我是一个罪人。"他说。

"是我引诱你犯罪的。"我在他身边坐下来。

"并不是。我很久之前就开始爱你，乔。"

"在我爱你之前？"我问，"不可能。"

"你的确是长大了。"他端详我，"在大学里你还非常孩子气，我记得的。"

"谁说的？我最乖。"我说。

他微笑，"你乖？还跟男同学打架呢，乖什么？"纳梵说。

"谁告诉你的？"我稀罕，"他们取笑我，我就把整个书包扔过去，笔记、尺、书弄得一塌糊涂，总共那么一次，大家都笑了半死。"

"他们在教务室说，我听来的。"

"老师也说学生的是非？"我笑。

他又看我。

"纳梵先生。"我把双臂围住他的脖子。

"二十一岁。"他说。

我松开了手。"我做茶给你喝。"

"做浓一点。"

"别批评。"我说。

喝着茶，他犹疑地说："我们不可以这样子见面。"

我一怔，大笑起来："这是漫画里的典型对白，男的对情人说：我们不可以这样子见面。"

他不响。

我马上后悔了，我不该这样无礼。

我低下头飞快地说："对不起——不然又怎么说呢？"

"我很想见你。"他说。

"谢谢你。"

"但是我有妻——"

"我早已知道，我不介意。"

"这不公平。"

"爱很少是公道的。"

他不响。

"也许人家以为不对的是我——什么地方不好找男朋友，你们结婚几十年，我却跑来加一脚——但是我也不能自制，我不喜欢其他的男人了。我对不起你。"

他不出声。

"我不想你离开家庭，这是没有可能的事。想也没用，我只想见到你，见一次好一次，我并不知道还可以见你几次，说不定你今天一走，以后再也不来了，但是我不大理以后的事，那是不能想的。"

我呆呆地解说着，眼泪就流下来了。多年来我都是个爱哭的人。

他凝视着我。

"我应该远着你。"他说。

"应该做的事很多呢，只可惜我们都不是精钢炼的，我们都是七情六欲肉身。"

他替我抹眼泪。

我吻了他的唇，他的唇是熟稔的，仿佛在印象中我已经吻过他多次，很多次了。他避开了我，然而却抱着我。

"你今天夜里不要走了。"我说。

"对你不好。"

"我不要好。"我说，"只怕对你不好。"

"有时候你很厉害，乔，我是要回家的，你知道。除非我打算跟她离婚。我会好好地考虑，我决不负你。"他停了一停，"我决不做害你的事。"

"你害了我你还不知道呢，晚上不能陪我，我希望你白天陪我一天。"

"我答应你，乔，星期六上午我一早来找你吧。"

"希望纳梵太太别伤风吧。"我讽嘲地说。

他内疚得不出声。

"对不起，不过反正叫你说我厉害，我也只好嘴巴尖一点，免得你失望。"

"我要走了。"

"再见。"我替他开了门。

他穿上外套，在我额上吻了一下。

我是不会求他留下来的，求也无用，他应该知道他的选择。关上大门，我叹了一口气。

这个周末是最后的假期，就得开始工作了。彼得打电话来，叫我出去，我说约了人了。他生气道："你答应我在前，你说有空跟我出去。"我解释："对不起彼得，但他是不同的，我一直在等他的消息，我家的电话坏了，他没有联络到我，所以才迟了。"彼得问："他是你的男朋友？"我说："彼得，我对你老老实实的，把你当朋友，他是人家的丈夫。"彼得闷了半晌。"啊。"他说。

彼得的语声是同情的，我挂上了电话。

星期六一早，我还在床上，他就来了。

他按着铃，我自床上跳起来，奔下去开门，我抱着他笑，马上换衣服，大家吃了早餐，到公园去散步。

中饭在中国饭店吃的，吃完饭去看电影，看完电影喝咖啡，回家吃晚饭。

我问："可不可以陪我跳舞？我很久很久没跳舞了。"

他说："叫我怎么拒绝你呢？"

"你是个好人。"我说。

"叫我比尔。"

"真不习惯，叫了这么久的纳梵先生。"我笑说。

"今天玩得高兴？"

"高兴，比尔，太美了，比尔，要是个个星期六都这样，我减寿二十年都使得，比尔。"我笑，"我要多多练习叫你的名字。"

他笑了。

我们去一家时髦的夜总会跳舞，无论是什么音乐，我总是与他跳四步，我看着他，不知道为什么，心中有一种难以形容、无法解释的满足，我笑了，一直跳舞一直笑，忍都忍不住。

"乔，看得出你很高兴。"

"是。"我说。

有什么好高兴的呢？我也想不出来。

他感喟地说："每次跟你在一起，我觉得我是存在的，只有你注意我，在大学与家，我不过是一件家具，真有点疲倦。"

我点点头。

我们坐到一点钟。

然后我说："你要回去了。"

"是的。"他笑，"你真能玩，从早上九点到半夜一点，我年纪大了，不能常常这样子地陪你。"

"那么你坐在一旁，我去找别人跳舞。"我笑道。

"我就是怕你会那么做。"

"不会的，比尔，当你疲倦的时候，我会陪你坐着，坐很久很久，我答应你。"

"只怕不久就生厌了。"他苦笑。

"我不骗你，我绝不是那种女人。"我认真地说，"请你相信我。"

"乔。"他抬抬我的下巴。

他大概是一点半到家的。我有点不安，我确是贪心了，使他为难。说不定纳梵太太一起疑，以后就更难见到他了，那夜有没有事呢？他并没有提。

假期过去之后，我还是每天上班。

彼得有时候来我处喝茶，他成了我的一个好朋友，我有时候跟他说说心事。

他说："我不明白你，如果换了我，知道心爱的男人一直陪他妻子睡觉，真受不了。"

我笑："他当然要陪他妻子睡觉，他们是合法的，彼得，你真奇怪。"

彼得几乎昏过去。"我奇怪？天！你们中国……"

"别提国籍好不好？"我要求他。

"好，好，只好说爱情奇怪吧？"他说。

我不出声。

他是一个有妇之夫，我很清楚。错的不是他，只是我。我有全世界的男人可供选择，为什么单单要看上他？最不好的就是他喜欢我，我们两个人都没有推搪的余地。除非说句笑话：赖社会。

彼得很大方，他喜欢与我在一起。他说过："如果你心上人来了，就叫我走好了，我不介意。你在工作之余，上街之余，见爱人之余，还有空的话，就见我。"

我很感动，只好笑笑。

有时候我很后悔，后悔事情居然演变成这样。像那个下午，我上街买罐头，在超级市场选丝袜，正起劲地拣着颜色，有人把手搭在我肩上。

我转头，看到那张熟悉的脸，心急跳手冒汗，面色苍白，吓得半死。

她是纳梵太太。

我觉得该死，为什么到这家超级市场来买东西？上哪儿不好？

我手里拿着丝袜，傻傻地看着她，好像一个贼被事主抓住了一样。

她问："是乔吗？好久不见了，是不是忙？为什么不上我们家来？我昨天才跟比尔说起，比尔说也许你工作太忙。"

她的声音是厚道的、忠诚的。

我默默无言。

"看，你这么瘦，面色不大好，你有没有好好照顾自己？"纳梵太太的语气是真的关切。

我的手颤抖着，把丝袜放回原处。

我说："我——很好，谢谢你，只是工作忙一点。"

"比尔也很忙，简直没有空留在家里，"她笑一笑，"我跟他开玩笑，比尔，你不是有了外遇吧？整天往外跑。"

我几乎呛住，连忙咳嗽。

"乔，我们上楼去喝杯茶吧。"她说，"我也走累了。"

我推辞不了，只好把大罐小罐拿到柜台付了钱，挽着纸篮与她去喝茶。

她老了，女人就是这样，一老下来，就排山倒海似的，什么都垮下来，再也没的救了。我对着她的感觉，就像对着一个老妇。近五十岁的女人，不是老妇是什么？

然而我呢？我有一天，也是要老的，到那个时候，有一个二十岁出头的年轻女子来抢我的丈夫，我又该怎么办？我有种恐怖的感觉，浑身发凉，我用手掩住脸，生命是极端可怕的。

纳梵太太担心地问："乔，你精神不好？"

"对不起。是累了。"

"你有没有男朋友？有时候闷了就累，我看你老是一个人，你们中国女孩子真规矩，老实说，我已经开始担心我女儿了。"她微笑说。

我苍白地听着。

她说："你知道比尔，你觉得他怎样？"

我一震："纳梵先生？"

"你真是客气，毕业许多年了，还称他纳梵先生。"

"他？他——是个君子。"

"是的，结婚这么多年了——可是最近有个女朋友来告诉我，说看见他与一个年轻女子跳舞。"

我静默。

"我想她是看错了。"

我不出声。英国人是不诉苦的。尤其不提个人的感情问题。她这么对我说是什么意思？莫非怀疑？若是怀疑我，就该好好说出来，不必试探。

纳梵太太叹一口气。"我也太多心了，你想想，他赚得不多，年纪又不小了，还有什么女孩子会喜欢他？"

不见得，他是一个有吸引力的男人，只是她与他相处久了，不再感觉而已。

"况且跳舞？比尔不跳舞已经有十多二十年了。"纳梵太太说。

我喝完了茶。

她说："对不起，乔，跟你说了这些话。"

"没关系，纳梵太太。"

"来我们家吃饭，好不好？我让比尔打电话给你。"

我点点头，说："纳梵太太，我实在要赶回去了。"

"好，再见，我再略休息一会儿。"

"再见。"

我急步走下超级市场，连自动楼梯也没有踏上。推开玻璃门，一阵风吹了上来，我打了一个冷战，整件衬衫都是湿的，贴在背上，刚才原来出了一身大汗。

我看着天空，叹了一口气。

五

嫁给他？一个小大学的副校长，一个外国人，有两个孩子，我从没想过嫁他。

我知道我爱他，不过结婚是另外一回事。

晚上比尔来了。

他吻了我的额。

我说："我见到你妻子了。"

"她告诉我了，"他说，"她说你很瘦，且又苍白。"

我点点头。

我说："比尔，我不舒服，我想——你还是回家吧。"

他一怔，明白我的意思，很温和地披上大衣，吻了我的额角，一声不响地走了，总共留了不到十五分钟，茶也没有喝一杯，他走了之后，我静静地坐在客厅里。

电视开着，没有声音，我倒了一杯马爹利喝，我的眼泪淌了下来，流了一脸。

我颤抖着去翻电话本子，查到彼得的号码，拨了过去。

他倒是在家。"彼得?"我说,"我是乔。""乔?"他问。"是,"我说,"你可不可以来一次,彼得?现在,求你。"

"好的,"他说,"十五分钟,无论你想做什么,等我来了才说,乔,等我。"

我等他,我把马爹利像开水似的灌下肚子去。

我默默地哭着,默默地喝着酒,打横躺在沙发上。

我听见门铃响,起来到浴室去洗干净了脸,装得很平静,因为喝了很多,故此也就非常镇静,我拉了大门。

彼得冷得在搓手,他一脸狐疑地看着我:"乔,你没有事吧?"

我拨拨头发,手臂软绵绵的使不出劲,道,"请进来,我很好,只要你来。"

他看着我,进来了,然后就说:"你喝醉了,乔。"

"我没有醉。"

他叹了一口气:"乔!"

"我没有醉,彼得,吻我一下。"

"我从来不吻醉酒女人。乔,你该上床睡觉。"

"你陪我?"我抬头问他,"我没有醉。"

他看着我:"乔,我知道你不爱我,乔,上床睡觉,我明天来看你，然后你告诉我是否要我陪你，ok？”

“你是狗娘养的。”

“乔，你闭嘴，去睡觉——”

“你说你爱我——”

“一点不错，所以我才叫你睡觉。”

“事实上，彼得，你是一个非常好看的男孩子，任何一个女孩子都会爱上你，我求你今夜陪我，为什么不？你怕我？我令你不开心？”我说，“我没有喝醉。”我的确没有醉，我只是十分镇静！说话慢吞吞的，而且话也很多。一切都远远的缓缓的，我的心是一点恐惧顾忌都没有了。酒是好的。“酒是好的。”我说，“请留下来。”我拉着他的手。

“我不是一个好人，”彼得说，“我现在就走，乔，看在上帝分上，好好睡觉，别再打电话给任何男人，我不能忍受你这个样子。”

我点点头：“你不喜欢我。”

“我明天一早来。”他叹一口气，“再见，乔。”

他走了，自己开的门，自己关的门。

我伏在沙发上，跪在地上，好厉害的酒，没有人要我，他们都开门关门地走了。

门铃又响了，彼得回来了？我挣扎着去开门，又跪了下来，腿像是棉花做的，我摇摇晃晃地向大门走去，我否认喝醉了酒，我四肢松弛，十分舒服。

门打开了，一地的雪。下雪了，我想。风吹来可不冷。

"乔！"

不是彼得。

"纳梵先生。"我扶着门口，"纳梵先生。"

"乔，你怎么了？"

"你来看我了，你来看我了。"我哭，"我今天看到你的妻子！"

"乔，你喝醉了。"他把我拉进屋子，关上大门，把我放在沙发上，"乔，我真不放心你，只好又赶来，乔，为什么？我认识你二十年之前就结婚了，你何必这样子？平时看你一点没有事——乔。"

我看着他，好好地伏在他身上哭了。我的眼泪鼻涕弄脏了他的衬衫，整个人挂在他身上，揉得他衣服不像样子。我没有喝醉。"我没有喝醉。"我始终坚持着，酒使我放松了，我的神志是清楚的。

"不要这样。"他始终维持着好脾气。

　　我一张脸糊得大概眼睛鼻子都走了样，他隔着我的眼泪吻了我的唇，一下又一下。我回吻他。

　　"我爱你。"我记得我说，"我爱你，纳梵先生。"

　　他笑了。

　　因为我说纳梵先生。

　　他那夜没有走。

　　我半夜醒了，头痛欲裂。他坐在床边，领带解了开来，他在喝茶。

　　我起身洗脸，梳头，吃止痛丸，换衣服。

　　我说："几点钟？"

　　"三点四十五分。"

　　我看着他。

　　"对不起。"

　　"你酒醒了？"

　　"是的。醒了，现在我可以全神贯注地引诱你了。"我笑。

　　"你太谦虚了，乔，你不必引诱任何人，我们男人是跑上来送上门来的。"

　　我笑："我不知道你可以幽默到这种程度，纳梵先生。"

　　他也笑了，他是一个可爱的男人。我看着他，像看一件珍贵的古董，我伸手碰他的发鬓，我始终是尊敬他的，除了喝醉酒的时候。

"你为什么回来看我？"

"我不放心。"

"你对我可负——责任？"我问。

"负全责。"他握住了我的手。

"那够了，"我吻他的手，"谢谢你，我并不想你跟我结婚，或是爱我，我只想听到这一句话。"

"我对不起你，乔。"

"你今夜是不走的了，比尔？"我问。

"——不走了。"

"我现在要开始我的引诱工作了。"我一本正经地说。

"你想清楚了？"他问。

"我想了太久了。"

"乔——"

"不要再说什么，纳梵先生，静一点。"

他不响。我轻轻地抱住了他。我知道我比他年轻，我知道我年轻得可以做他的女儿，我知道得很多，但是我总还是做了我不该做的事。我不再关心了。

我是一点也不后悔的。

我躺在他的臂弯里，点了香烟抽，他皱眉头，把我的香烟轻轻拿开，我看牢他，"刚才好不好？"我问。

他看着我："乔，为什么装得这么轻佻？是不是为了使我良心好过点？"

我背着他，不出声。

没有用，他是我的教授，我是他教出来的，我什么也瞒不过他，没有用。

"你并没有与任何人上过床，是不是？"他温和地问。

"我知道没有经验，"我还是很轻快，"并不是说我是好女孩子，我没有机会而已。"

"乔——"

"不要再说你抱歉等等等等，我愿意的。"

"我们大家都不要说话，快睡觉。"

"是老师。"我答。

他没有笑。他还戴着手表，四点十五分，我可以听见他手表走动的声音。

我说："我很高兴见你，纳梵先生，我永远不会后悔。"

他什么也没有说。他没有睡着。我却睡着了。

我比他早起，我换好了衣服，他才起床。

我要走了，拿过手袋，吻了他一下，把一管大门钥匙放在他手里，吻了他一下，飞快下楼，没有说一句话。出了大门，开动了车子，才后悔没为他弄早餐。下次吧，我想。

赶到办公室，我很高兴。可是宿酒作怪，又不够睡眠，我是不大化妆的，面色不大好看。

彼得马上过来，他蹲下问我："你怎么了？好吗？"他声音很低，"我打算打电话给你，没想到你来上班了。"

我猛然想起昨夜的事来，脸红了一半，只好给他一个大笑脸，傻傻的。

他忽然飞快地吻了我的鼻子，他叹口气："我真该打我自己，太笨了，昨天怎么走了？然而谁会伤害你？"

我低头，装着整理文件，不出声。

"今天没事？"

"我很快乐，谢谢你，彼得。"

"快乐？"他惊异地看着我。

"是的，彼得，我说给你听，我有一个包袱，背在背上二十年了，又重又累又闷，昨天我找到一个人，把包袱交给他了，他说他会负责任，所以我很快乐。"

他僵了一僵，"包袱里是什么？"他问。

"我的感情。"

他垂下了头。"啊，你找到了他。他是谁？"

"那个男人。"我说。

"有妇之夫的那一个。"

我低下了眼睛。"是的。"

"你以前的教授？"彼得说。

"是的。"我答。

"如果你要知道我的意见——他是禽兽。"

我居然笑了，我说："彼得，我并没有问你的意见。"

彼得回到他自己的位置去，气得脸色发青。他后来一整天都没有与我说过一句话，我知道他是好人，他是为我好，可惜为我好的人一个也不能令我快乐。

那一天我很疲倦，但是出乎意料，却做了很多工作，而且说话也说得多。下班我跟彼得说再见，他不睬我，我吻他的脸，他别转身子，我耸耸肩，说："孩子气！"他猛地回头，我看到他眼里含有眼泪，我吃惊。

"我是个傻子。"他说着站起来走了。

我觉得很抱歉，既然他器量这么小，我也没办法。

回到屋子，我居然心血来潮，兴致好得不得了，煮了一大锅牛肉洋山薯，香喷喷的，扭开了电视，边吃边看，并不觉得疲倦——但是今夜还是早点睡觉的好。

我没想到比尔会来。

他先按铃，我去开门，却看见他站在门口，他一脸的笑，我惊喜地说："你为什么不用钥匙？"

他低头问我："你屋子里没有别人？"

"有，"我笑，"有两打小阿飞，听见门铃都躲起来了。"

他轻轻打了我的头一下，关上门。

"好香，吃什么？"

我笑："搬进来第一次煮食物，叫你撞见了，要不要吃？"

"好，我还没吃饭。"

我们坐在厨房里，我看着他，"比尔。"我忍不住吻了他一下。

"你今天要早一点睡。"他看牢我。

"一定。你——好不好？"我问。

"很好。"他说。

"学校十分忙吗？"我问。

"忙得很，做惯了。"他边吃边说。

我笑："有没有什么女学生对你挤眉弄眼？"

"当年你也没对我挤眉弄眼。"他说。

"但是我爱你，难道还不够吗？"

他擦了嘴，笑了。"味道很好，我帮你洗碟子。"

"不用，你坐在那里别动。中国人不流行男人做家务。"我说。

"谢谢。"

我停了一停。"家里——好吗？"

他没有出声。

"你昨夜没有回去。"我提醒他。

"我想她已经知道端倪了，只是不说话。"他说，"我想考虑一下，迟早要告诉她的。"

"你要跟她离婚？"

"我不能同时跟两个女人在一起。"

"很多男人可以。"

"我有犯罪感。"

"你爱她的，是不是？"我问。

"这么多年了。"

"对不起，我以后再也不问你这种事。"

"你有权问。"

"我没有。你是一个自由的人。"

"你也是自由的吗?"他问,"会不会有一天我来找你,开门进来,只是一间空屋子?"

"我爱你。"

"爱多久?"

"很久。"

"你肯嫁我?"他忽然问。

这个问题使我一怔。嫁给他? 一个小大学的副校长,一个外国人,有两个孩子,我从没想过嫁他。我知道我爱他,不过结婚是另外一回事。

我说:"你不能与我结婚。"

"我太老了?"

"不,你不能重婚!"

他喝了一杯咖啡,捧着杯子不响。

我坐在他后面,抱着他的腰。"你明天来看我吗?"

"我尽可能每天来。"

"谢谢你。"

"你是一个傻女孩子。"

"天下聪明人太多了，有几个傻蛋点缀一下，也是好的。"

"你喜欢我什么？"他轻轻问我。

"对着你，我有一种安全感，现在我知道，无论怎样，你总是原谅我的，对我负责任的。"

"有很多男孩子会爱你，乔。"

"谁？他们来了他们去了，请我看一场戏，吃一顿饭，下次也许永远不再出现，谁晓得厚厚一本电话本子，几时又轮到我？再开心也是假的，整天坐在家里等电话铃响，一叫就出去，实在有点犯贱相。你是不一样的，比尔，你是可靠的。"我说。

"我也失过一次约。"

"我早忘记了。"

"乔，我是要娶你的——"

"这是你的事，"我缓缓地说，"我不会逼你娶我，我这么急要嫁人，不会跟你在一起！我只想知道你是爱我的，不会忘记我、关心我的，那就足够了。事情已经很困难了，也许会更复杂，你会怪我的，至于纳梵太太，我对不起她。"我的眼泪又淌了下来，我确是爱哭。

他不响。

隔了很久他说:"头一次我希望我仍年轻。"

"我是你的。"我说,"我要告诉你,我是多么寂寞。一年四季坐在一间小宿舍里,唯一的快乐是上你的课。我是这样无聊,在纸上写你的名字,涂满一张又一张。我常常想你,的确只想你。三年了,我是这样寂寞,功课一向紧,我一向不集中,晚上做梦还是你与你的宇宙线,我爱你,有三年了。"

他微笑:"我一点也不知道。你男朋友这么多,无论在哪里看到你,你总是中心,大家围着你,我找个时候说话还困难,幸亏第三年你居然选我的功课做。"

"我并不是好学生,我笨。"我说。

"我倒希望再多教几个你这样的坏学生。"他看着我。

"你真的爱我?"

"你要我说多少次?"他温柔地问。

"如果你没有听腻,我爱你,比尔。"我说。

他叹了一口气。

我见到他的时候是这样快乐,比拥有全世界还高兴,他至少有一部分是我的,我崇拜的人,我爱的人。

他看了看我的眼睛。"那条痕还没有退。"

"没关系。"我说,"只是天气一冷就咳嗽,气管不好,那一次的并发症很厉害。"

"都是我的错。"他说。

"我原谅你。"我侧着头看他。

他又笑了。

我说："你听听你的美国口音，你同胞就快不要你了。"

"怎么扯到我的口音上去了？"他问。

"你讲课我老听得稀里糊涂的，笔记的字迹又潦草，考试题目深得要命，你真不是一个好教授！"

"是，又粗心大意，不照顾学生——"

"别提那件事了。"我笑，"你喝完咖啡没有？"

他放下了杯子。

我说："把眼镜戴上，让我看看你那样子。"

"没在身上。"他笑，"我就快要戴老花眼镜了。"

"我不介意，你总是美丽的。"

时间过得真快，当他在的时候，时间过得真快，一晃眼就几个钟头。

"我要回去了。"他说。

我点点头，心里一沉。没有用，迟早他是要走的，我装得多好也没有用，脸上大概是阴沉的，他越来得多，我越是贪心想他留久一点。我不过是一个人。

然而他说要回去，我留他也没有用。他是一个教授，不是孩子，他知道他要的是什么。即使是一个孩子，想要什么终究也懂得伸手去抓。

我甚至没问他几时再来，我只是说道："再见。"

"你真让我藏着钥匙？"

我点点头。

"谢谢你。"他说。

他走了。就是这样。他不来，这个晚上倒还容易过一点，他来过又走了，我就有点恍惚。他的妻子是个幸运的女人。照我了解，他一辈子也不会跟她离婚，照我了解，他根本不应该跟我到这种地方，也许他真的爱我，也许他也不过是一个人。

以后我就是这样了吗？

天天下了班等他来？

好像没有什么前途的样子，但是人是不能说的，人是不能说的。我的日子就这么过了，一下子高兴，一下子不高兴，我的日子不过如此。

有时候我想去学校见他。一天早下班，我到了大学，问校务处纳梵先生在哪里，他们告诉了我，我去找他，他正讲课。他真是神采飞扬，我隔着玻璃，一下子明白为什么如此地爱着他。

他微微弯着腰，衬衫袖子卷起来了，一手指着黑板。他头发是鬈的，相当长，上唇蓄着胡髭，脸上有一种严谨的可亲，这是他吸引学生的原因。如此坐在课室的学生，也就带着心仪倾慕的表情。

至少他有一部分是属于我的，我想。

他说："——当时坐在我隔壁，与我做实验的是一个极其冒失的女子，这位女士有谋杀欲，我几乎被她谋害六次以上，她花样变化无穷——"这是一个新的故事，我没有听过的，学生们哄堂大笑。他喜欢说实验室的笑话。

然后忽然他说："——大人想不到的问题，孩子想得到，我女儿讲——"

我呆住了。他女儿，他是人家的父亲。他女儿，他虽然不对我说女儿，但他对学生说。这是事实，他有妻子他有家庭。

我忽然有点疲倦，我独自与他一家人在挣扎，这要到几时呢？我不敢想下去。

我再从玻璃窗看进去，他已经下课了。

我绕到入口处，在门上敲两下，他抬抬头。

"乔!"他一脸的笑与惊奇。

我走过去，忍不住吻了他的面颊。

他没有避开，他也不怕有人看见。

我又快乐了。

"你几时来的?"他收拾着讲义。

"刚好听见有人意图谋杀你六次以上。"我笑着说。

他笑了。

"到食堂去喝杯咖啡?"我问。

"好的，你倒还记得食堂咖啡。"他说。

我走在他身边。这多么像两三年前，我走在他身边。跟进跟出，是为了那个实验，现在他是我的——我的什么人？我看着他，他真是动人。

"看什么?"他笑问，"数我的白头发?"

我不出声，只是傻气地微笑，这一切毕竟还是值得的。

他的笑是这么吸引人，我与他在饭堂坐下，马上有几个学生趋上来跟他说话，我耐心地听着，做他的影子，我隔着他的学生向他微笑。

然后他轻轻俯身过来，对我说："我们可以走了？"

我点点头。

他向他的学生道歉："我们明天再讨论这个问题。"

我跟在他后面走了，那几个年轻的孩子很怀疑地看着我。

但是他不介意，他拉起了我的手。他的手温暖强壮。

"你今天怎么会有空来看我？"他问。

"我想你。"我说。

"我也想你。"他说。

有些教授还记得我，我向他们点点头，出了校门。

"我们上哪里？"他问我，"有没有特别的地方去？"

"我们已经跳过舞了，"我笑，"我只是想看看你，把你锁在屋子里，一天到晚对着你，可不可以？"

他微笑："没看多久我就鸡皮鹤发了。"

"噢，比尔，你怎么老说这种话？"

"我总要警告你。"

"你真有时间？"

"是。我刚想打电话给你，我打算在你家里住一个星期，可以吗？"

"真的？"我惊问。

"真的。"他说。

我猛地想起，也许纳梵太太带着孩子回娘家了，所以他有空可以跟我住在一起。一个星期，真是太好的机会，我心花怒放。

"太好了，比尔，我发誓我不会吵你，你把你所有的工作带到我屋子来做，好不好？"

"好。"他笑说。

他搬了进来，带着一小箱子的衣服。

我请了一星期假陪他。

他并不是每天有课，有时候只上几小时。我为他煮饭弄菜烧咖啡，以前所不做的事现在都做了，而且快乐得不像话，我看得出他也高兴。

半夜我开了车与他兜风，加速到车子要咆吼着飞起来似的，他说我是个冒险鬼，受不了。回到家肚子饿，我们把意大利白酒与芝士夹面包吃，津津有味。

"这是什么生活？"他问我，"比嬉皮士还好。"

我靠着他。这个世界我什么也不要了，就是要他。

他抽烟斗，我为他点烟。

我弄了不少中式菜，拿了筷子就吃饭。

我才发觉我与他在一起竟然半点冲突也没有。

假如我们可以结婚，生活上大致是没有问题的。

有一夜他与我说："乔，与你在一起，仿佛尝了蜜的味道。"

我没有回答。

六

忽然之间，我『呀』了一声，我发觉我竟是完完全全的一个人了，要死的话，早就可以孤孤单单地死。我呆在那里。

有时候他做讲义，我整个人拥在他背上，当然是妨碍他工作的，但是他并不生气，他说："你再这样，我就回家了，我情愿一个人在家。"

他对我像对一个小孩。

他喜欢喝黑咖啡，抽烟斗，生活很整洁，但是笔记与簿子都不喜欢给人碰，很怪僻。我不大跟他捣蛋，有时候一个人在楼下看电视，让他一人在楼上专心工作。

我记得是第四个晚上，我一直数着日子，我在楼下看电视，正上演一部悲剧，我看着就哭了，我想：他总是要走的，他总是要走的。

他在我身后说："乔，你怎么了？"

"没有什么。"我转过头去。

"我有话跟你说。"

"到这边来坐。"我说。

他过来，放下了烟斗。

"乔，我知道你家里条件很好，但是，你既然跟我在一起——"他摸出了支票本子。

我看着支票本子，又看他，我笑问："想买我？"

"乔，你知道我没有那个意思，不要说笑。"

"我自己有钱。"我笑，"你还没我阔呢。"

"我知道，但是——"

"你把支票本子放回去好不好？"我问。

"我是你的教授。"

"你是我的爱人。"

"你很顽皮，再也不尊重我了。"

"我十分尊重你。"我说，"就是十分尊重你，所以才劝你把支票本子放回去。"

"你要什么？要送你什么？"他问，"说给我听。"

我看着他，没有说出来，我不想说出来逼他，然后他也明白了，他也不出声。

"我知道。"他点点头。

"谢谢你。"我抱紧他。

"乔，让我照顾你的生活——"他说。

"精神上照顾我，不要掏支票本子出来，请你不要。"

他只好缓缓把支票簿藏回去。我很高兴。我坐在他身边，陪了他一整个晚上。后来他还是把支票存到我户头去了，这是后来的事，他始终觉得对我不起，要想法子赔偿。

我们在一起是快乐的，我当他像偶像。我喜欢看他做工作，他全神贯注，高卷衣袖，把大张的图表一张一张地拿出来改，那种样子的美丽，是难以形容的。

男人融在工作里的时候是美丽的。

我向往他的神采。

其实我们也没有去什么地方，大多时间待在屋子里，我变得很轻快，与他说笑着，伺候他饮食。

他说："乔，从一大堆公式、数目字间抬起头来，看到你的笑脸，是人生一大享受。"

听他这样的赞美，也是最大享受。

他也爱我，这是事实，只是人年纪大了，总还有其他的事在心里，不得自由。

我把头发梳成辫子，他有时候会拉拉我的发梢。我存心要把这七天过得快乐，以便他有一个好的回忆，我也有一个好的回忆。

在厨房里我问他："你要哪一种咖啡？咖啡粉还是新鲜咖啡？"

他笑："我女儿——"说不下去了。

啊，他终于对我说起了他女儿。

我很自然地接上去："是，她怎么样？"

他也只好继续："她小时候说咖啡有两种，一种会响，一种不会响。"

"多么聪明。"我说，十分言不由衷。

这些父母，子女什么都是香的，白痴的子女也有一番好讲，对毫不相干的人就说自己的子女，无聊之至，虽说是人之常情，但是他如此超然，还带着这种陋习，似乎不可原谅。

我知道我是妒忌了。我知道他也是凡人，但是我始终希望他可以真的超脱。我不会求他离婚，他应该知道怎么做，如果他是不打算放弃他家庭的，我跪下来也没用。

我大概很久没有说话，以至他问："乔？乔？"

我抬起头，依然是一脸的笑。

我笑得很好。我要他记得：乔有一个好的笑容。

我们到花园去，走很久很久。天气还极冷，在早晨，雪没有融，我们一直走，草还是绿的，上面结着冰，草都凝在冰里，走上去就脆脆地踩断了，我穿着家里带来的皮大衣，戴着帽子手套，脖子上绕着又长又厚的围巾，整个人像冬瓜。他只穿一件薄薄的呢外套，笑我。

我也笑。

气喷出来是白的。

"比尔，"我说，"假如天气再冷，再冷，冷得很冷，一个女孩子忽然哭了，她的眼泪会不会在脸上凝成冰珠？"

"不大可能。"他笑说。

"假如可能的话，多么浪漫！"我叹道。

"你真不实际，"他说，"没有科学根据的，人体表面不断散热，眼泪怎么结冰？"

"你们科学家！"我说。

"你是一个孩子。"他说。

我把手插在他口袋里，他握着我的手，我隔着厚厚的手套，还可以感觉到他手的温暖，那种感觉是极性感的。

我仰头吻他的耳根，然后我们躲在树下拥吻，树叶掉得光光的，丫杈却交叠又交叠。只要有他在身旁，什么都是好看的。灰暗的天空也有一种潇洒。

这大概会叫他想起以前，二十年前？十五年前？当他初恋再恋的时候，年轻的他与年轻的情人必然也做过这样的事。

我看得出他很高兴。他说："乔，我不应该太贪心，时光是不可以倒流的，因为你，我又享受了青春。"

事实上他一点也不老，我与他上街，没有人会说他是我的父亲。

我们出去吃晚饭，他碰到了熟人，我知趣地没跟上去，站在一旁装着看橱窗，免得他尴尬与麻烦。

谁知他毕竟是个男人，真的男人，他回头叫我："乔，我要你见见某先生。"他正式把我介绍给朋友，他不怕。

我真的爱他，我爱他因为他每个动作都是光明磊落的，我一点也没有觉得他有什么对不起我的地方。是他结了婚，但是他结婚时我刚刚生出来，难道我怪他不成？他爱他的家庭，因为他是男人，他爱我，也因为他是一个男人。啊，将来无论怎样，我总是没有懊恼的。

如果我得到他，这世界上我什么也不要了。

但是一星期很快就过了，他收拾东西要走了，我帮他收拾。他在我这里做了不少的笔记。

那是一个黄昏，他在我处吃饭，我还是很愉快。这一星期的快乐是捡回来的，我不可以太贪心，他是要走的。

我倒咖啡给他，我说："这是会响的咖啡。"

他只好笑一笑。

我改口问："学校课程改了没有？抑或还是那一套？这些年了，科学总该有进步才是。"

"改了不少，越改越深，学生抗议说真正专修物理科生物科还没有这么难呢。"

"可不是？你说得又快，考试一点暗示都没有，铁面无私，可怕！"

"你怕不怕我？"他握住我的手。

"好笑！现在干吗还要怕你？以前也不怕你，以前问得最多的也是我，最笨的也是我。"

"你不专心，但是成绩却是好的。"

"很专心了，只是你那科难，幸亏我有点兴趣。"

"乔，你真应该继续读书的。"他说。

我伸一个懒腰。"不读了，我又不是聪明学生，读得要死，才拿七十分，一点潇洒都没有，是拼命拼来的，算了，根本不是那种人才。"

"你真骄傲，乔。"他叹气。

我看着他，骄傲？或者是的，我不会求他离婚的。

我柔和地说："你该走了？"

他站起来，我把他的公事包递给他。

他说："我有空来。"他低下了头。

"我总是等你的。"我低声说。

他吻我的唇。

然后我送他到门口，他走了。

再回到屋子来，我关上门，觉得室内是空洞的。房间里还留着他烟斗的香味，七天以来，我习惯了他，仿佛他随时会叫我："乔？乔？"

然而他走了。

屋子里如此寂寞。我倒了半杯白兰地，慢慢地喝着，又扭开了电视。屋子里如此地静。书架上堆满了书，但是书怎么及一个人？怎么及一个人？

我疲倦得很。明天要上班了。

然后电话铃响了起来。比尔？我奔过去听。并不是他，只是彼得。彼得问："你没有事吧？他们说你请假一星期，你明天该来上班了。"

"是。"我说，"我记得，你放心。"

"真的没事？"他问，"身体可好？"

"没事，谢谢你，彼得。你好吗，彼得？"

"很想你。"他自然又坦白。

"我明天就见你了。"我说。

"今天是星期日，才七点半，你吃了饭没有？"彼得说。

"吃了。"

"想不想出来喝一杯？"

"我手上就有一杯。"我笑，"你来我家？"

"你真的肯见我？"他喜出望外。

"为什么不见？你是我的朋友。"我说，"欢迎。"

"外面很冷，"他说，"你如果要出来的话，多穿几件大衣。"

"你来好了。"我说，"一会儿见。"

他隔了十分钟后就到了。

等一个不相干的人是不紧张的，舒适的。而且不知不觉他就来了，我为他开门。

彼得说："我不大敢来你家。"他笑，"你没有喝太多吧？"

我知道他还记得上次的事，我有点不好意思。

"别担心，"我说，"我以后再也不喝成那样子了。"

他说:"我很后悔,那夜居然什么也没做,就走了,你真是美丽,乔。"

不知道为什么,我的脸就红了,我说:"彼得,请你别再提那天晚上的事好不好?"

彼得只是笑,他的脸是纯情的。

我问:"最近你与什么女孩子在一起?"

"好几个。都很普通的关系。我一直在等你,你又不是不知道。"他说。

"算了,彼得,我有什么好?我家里不赞成我跟外国男孩子来往。我自问也没本事嫁得了外国人。你们外国女人都像苦力一样地做家务,完了还得上班赚薪水贴补家用,还说解放妇女呢!不过是嘴巴硬而已。吃亏至极,我们中国女人就聪明,男人要大男子主义,随他们面子上风光点,我们笑眯眯跟在后面享福,有什么不好?哈!"

彼得隔了很久,才说:"你喜欢的男人,也是英国人。"

我猛然想了起来,就觉得自己荒谬,来不及地说:"呀,我竟没有想到!"

"你就是这一点可爱,乔。"

我苦笑:"我是个糊涂虫,对不起。"

"人人糊涂得像你这么好玩，倒也不差。"他看着我笑。

我一张脸大概涨得像猪肝，我说："见你的鬼。"

我喜欢彼得的天真，他心里想什么老是说出来，又不装模作样，生气是真的生气，开心也是真的开心。比尔也很好……到底比尔有城府，我在亮里，他在暗里，他的心事我一点也不知道，讨好他是吃力的，然而这是我自己情愿的，没什么好说好怨的。

我呆呆地想着。

彼得伸手在我面前晃了一晃："你又在想什么？"

"没什么。"我说，"这么晚了，明天大家又要上班，多没意思。不上班又不知道如何打发时光，唉。"

"你牢骚也真多。乔，你很寂寞，你怎么可以一个人躲在屋子里，什么人也不见？这是不对的，出来，我们找一大堆年轻人，一起看电影吃饭——"

"我不要去。"

"为什么？"

"无聊。"

他微愠地说："如果你如此坚持，做人根本就很无聊。"

他生气了。男子的器量就是奇小。

我微笑，看着他不出声。

男人都想女人跟在他们身后走，出尽法宝，然而有本事的男人是不必强求的，像我的比尔·纳梵，他根本什么话都不必说，我就听他。

然而彼得是个孩子。他想的也就是孩子想的事情。

我的确是寂寞，即使把我空余的时候挤得满满的，我还是寂寞。

我说："我疲倦了。"

他苦涩地笑。"因为我的话乏味？对不起，乔，我想讨好你，真的，我实在想讨好你。"他说，"也许是太用力了，故此有点累。"

"对不起，彼得，但是我每一次只可以爱一个人。"

"哈哈，每一次只可以爱一个人，这句话真美妙，我多爱这句话。乔，你真是独一无二的。"

"不要笑我。"我低下头，"不要笑我。"

"我不是笑你。"他叹一口气，"我没有办法讨好你，是我不对。"

"噢，彼得，从前我们说话谈笑，是那么开心，为什么现在变成这样了？一开口不是我得罪你，就是你得罪我，为什么？"我失望地问。

"因为我爱上了你，爱是不潇洒的。"他沉沉地说。

"不要爱我。"

"不要爱你？说是容易。"彼得又振作起来笑了。他们外国孩子大多数有这点好，不爱愁眉苦脸的。

我忍不住握住了他的手："谢谢你。"

"谢我什么？"他莫名其妙地问。

"喜欢我，你太关心我了。"

他笑："这有什么好谢的？千谢万谢，也不该为这个谢我，我要是可以控制自己，才不爱你哪。"

我笑了，学他的口气："妙！彼得，这句话妙，可以不爱我，才不爱我。"

他看看表，"我想我得走了。"他说。

我点点头，"明天见。"我说。

他在门口吻了我的脸，道别。

我关上门，邻居会怎么想呢？进进出出的都是外国男人，他们会想，这个中国女子倒是够劲。

收到妈妈一封信，她详细地问及我的生活，并且说要差人来看我，她起了疑心，怀疑我一个人不晓得在干什么，刚巧有朋友的儿子在读书，她请他周末来找我，下一个周末，妈妈信里说。

我不理。

周末我有地方可去，才不等这个检察官。

妈妈也真是，我果然在做贼，也不会让她捉到证据，屋子里有什么？谁也没有，只我一个人而已。

虽是这样说，我还是觉得屋子里有纳梵先生烟斗的香味。他在，还是不在？对我来说，他是无处不在的。

我叹一口气，或者是我做错了，我不该跟他在一起。即使是跟外国人在一起，彼得也好，虽然年纪轻没有钱，可是他能正式娶我。

我嘲弄地想：确实太没出息了，巴巴地跑了来做洋人的情妇，妈妈知道可不马上昏过去，可是套彼得的一句话：我可以不爱他，才不爱他。

可是我跟他在一起快乐，用一点点痛苦换那种快乐，我认为是值得的。

我把妈妈的信搁在一边，去上班了。

我的心情好，抽空当向彼得眨眼，他摇头叹息着。

我只是在想，假如我可以跟比尔·纳梵永远生活在一起，不知道有多开心。

下了班，开车回家，冷得要命。上个月接了电费单，那数目是惊人的，屋子里日夜点着暖气，我不喜欢一开门就嗅到冷气。

妈妈汇来的钱只够付房租，我自己赚的贴在别的用途上，读书有个期限，或三年，或两年，如此下去，一晃眼一年，难怪妈妈要起疑，想想她也有权那么做。

我问自己："怎么办？"

要省不是那么容易的事，先搁一搁再说吧。

我拆着信，发觉银行账单里多了五百镑。我的妈，我简直不相信眼睛，不少已经好了，怎么会多了这许多钱？一转念，才想到是他放进去的。对他来说，这实在不是小数目。我怔怔地想：为了什么？为了使他良心好过一点？

我叹一口气，这事必须跟他解释一下。

我要钱，在此地找一个光有臭钱的人，倒也容易。

电话响了，我拿起电话。

"乔？"

我笑，"我刚想找你呀。"我问，"你在哪里？"

他说："在家。"

"啊。"

"我要你好好听着，乔。"

"好。"我问，"什么事？"

他说得很慢很有力："乔，我不能再见你了。"

"你开玩笑。"

"我不开玩笑，没有希望，乔，我不该连累你。"

"你在家，你这番话是说给纳梵太太听的，我不相信你，你是爱我的。"我说。

"乔，我说完了。"他搁下电话。

我震惊着，不知道发生了什么，等我慢慢清醒过来，我放下了电话筒。

这是迟早要发生的事，早点发生也好。

我站起来，把杂物拿到厨房去，一双手在颤抖着。

我没有哭，只是叹气，虽然说结局是可以预料得到的，然而终于来了，却还是这样，人真是滑稽，生下来就知道会死，但还是人人怕死。

他就是那样，一个电话就把事情解决了。对他来说，事情是最简单不过的，那边是他数十年的妻子，孩子，家庭，我？我是什么？

我奔上楼去，搜尽了抽屉，找到我的安眠药，一口气吞了三粒，然后躺在床上。

我不会死的，这年头再也没有这种事了，所以男人可以随便打电话给女朋友："我以后再也不要见你了。"

也许我如果真死了，他会内疚一阵子，一辈子。但是我没有这种勇气，我要活得非常开心，这也许会使他内疚，但是我也没勇气快活，我是一个懦夫。

然后我哭了。

第一次醒来是凌晨四点，我服了三片药，继续睡。

那些梦是支离破碎的，没有痕迹的，醒了记不清楚的。然而我终于还是醒了，我起床打了一封辞职信寄出去。理由是健康不佳。

或者我可以从头开始，找一个大学插班，或者……

但是我病了。

躺了三天，只喝一点葡萄糖水。

彼得来看我，吓得他什么似的，可是又说不出口，只好下厨房为我弄鸡蛋、三文治、麦片，结果我吃不下，只是躺着。

他坐在我床边，等医生来，医生留下药，他又喂我吃药。

我对他说："彼得，你为什么不走，让我一个人死好了。"

"伤风是不死人的。"他笑着说。

他没有走，还是留着。

一个晚上，我跟彼得说："你要我做你的女朋友？"

他不响。

我握住他的手。"我打算做你的女朋友，等我病好了，我们开一个最大的舞会，就在楼下，把所有的人都请来，玩一个通宵，然后你就出去宣布，我是你的女朋友。"

他不响。

"你要把所有的人都请来，所有的朋友、同事、亲戚，都请了他们来，一个也不漏。"

他仍然不出声。

我看着他，笑了："你后悔了，彼得，你不再要我做你的女朋友了？"

他说："我永远要你。"

他低着头，我知道他的心意，我明白他了。

但是我的热度缠缠绵绵并没有退。

彼得天天下了班来，帮我收拾屋子，打扫，服侍我吃药，他可是一点怨言也没有。

我收到了一封信，信里什么也没有。只有一把门匙，比尔·纳梵把门匙还给我了。

我不响。

真是那么简单吗？他抹去我，就像抹去桌子上的一层灰尘？

一个多星期没有好好地吃东西，我瘦了很多。

星期六，彼得还没有来，听见有人按门铃。以为是彼得，蹒跚地起床，打开窗帘，看下楼去，只见楼下停着一辆小小的跑车，黄色的。

我想：谁呢？

我走下楼，开门。

一个中国男孩子。

多久没见中国人的脸了？

我看着他。他犹疑地看着我。他很年轻，很漂亮，很有气质，他手上拿着地址本，看了我很久，他问："乔？"

我穿着睡衣，点点头："我是乔。"

他连忙进屋子，关上大门，说："赵伯母叫我来看你——"

哦，我的调查官到了。

他问："你怎么了？病了？"

我慢慢地上楼。"是，病了十天了，你要是不介意，我想上楼躺着。"

他跟在我身后，来扶我。"我不知道，对不起……谁陪你呢！这屋子这么大。"

我坐在床上，掩上被子，忽然咳嗽了，呛了很久。

他很同情且又惶恐地看着我，手足无措。

我既好气又好笑。

我问："你见过肺病吗？这就是三期肺病。"存心吓他。

他笑了，笑里全是稚气。他有一种女孩子的娇态，可是一点也不讨厌。他说："现在哪里有人生肺病？"

"尊姓大名？"

"张家明。"他说。

我说："我从来没有听过你，你怎么会让我妈妈派了你来的？"我看牢他。

"我也没有听过你呀，"他说，"可是我在理工学院，离这里近，所以她们派我来。"

"理工学院？"我白他一眼，老气横秋地说，"第一年？"

他一呆："第一年？不不，我已经拿了文凭了，现在做研究，跟厂订了一年合同。"

"你拿了博士学位了？"我顿时刮目相看，"我的天，我还以为你二十岁。"这年头简直不能以貌取人。

"我二十五岁了。"他笑。

我叹口气："好了，张先生，如今你看到我了，打算怎么样？"我问他。

他皱皱眉头："赵伯母非常不放心你，她说你一人在外，又不念书，工作不晓得进展如何，又拼命向家里要钱，好像比念书的时候更离谱了，家里还有其他的用途，即使不困难，赵伯母说孩子大了，终归要独立的，要不就索性回香港去。她让我来看看你意思到底如何，我今晚跟她通电话，她说你有两三个月没好好给她写信了，这次来，你仿佛变了一个人似的。"

我听着。

妈妈算是真关心我？

何必诉这么多的苦给外人听？又道家中艰苦，我知道家里的情况，这点钱还付得起，只是女儿大了，最好嫁人，离开家里，不必他们费心费力。我就是这点不争气而已。

罢罢罢，以后不问他们要钱就是了。

等病好了，另外搬一个地方住，另外找一份工作做。

　　叫我回去？决不，这等话都已经说明了，我还回去干什么？忽然之间，我"呀"了一声，我发觉我竟是完完全全的一个人了，要死的话，早就可以孤孤单单地死。

　　我呆在那里。

七

我蹲下来看他的脸，看他两鬓的灰发，看他搁在胸前有力的手。

我终于得到他了。

张家明说："我不知道你病了。"

我看着他。啊，是我自己不争气，同样是一个孩子，人家的儿子多么前途光明，我是自己坑自己，怨不得人，父母对我又是恩尽义至，没有什么拖欠的了。

"你的工作呢？"他问。

"辞了。"

"这里这么大，你一个人住吗？"

"是。"

"你喜欢住大屋子？"

"这屋子一点也不大，"我抢白他，"我家又不负你家的债，不必你担心。"

他想了一会儿才想明白，红了脸，说："我没有那个意思，赵小姐，我是说，如果你不是一个人住大屋子，住在宿舍，病了也有同学照顾——算了，我要走了，打扰了你。"

我觉得我是太无礼了，狗咬吕洞宾，不识好人心，他这么来看我，原是忠人所托，我茶没敬他一杯，反而拿他出气，怎么应该？

我是个最最没出息的人，那害我的人，我不但不敢怪他，且还怨自己，可是却拿着不相干的旁人来发作。

张家明默默地穿上大衣，走到房门处，转过头来，还想说什么，我跳起床，走到他面前，人就簌簌地发抖，不知道怎么，眼泪就流了一脸。

他看着我，默默地，古典地，却有一点木然。

全世界的人都木然地看着我，我脚一软，就跪倒在他面前。

等我醒来的时候，张家明没有走，彼得与医生却都在跟前。我躺在床上。

医生咆哮着："住院留医！病人一定得吃东西！"

我重新闭上眼睛。

彼得把医生送走。

张家明轻轻地问我："那是你的洋男朋友？"

他问得很诚恳，带着他独有的孩子气的天真。

我摇摇头。

"他很喜欢你，刚才急得什么似的。"他说。

"不，他不是我的男朋友。"

他看看表。"乔，我要走了，我明天再来看你，如果你进医院，在门口留张字条，我如果知道你病了，我不会约别人，我明天再来。"

"张先生，谢谢你。"我说。

"你一个女孩子在外国——大家照顾照顾。"

"刚才——对不起。"

"我早忘了。"他微笑。

他走了。

彼得问："他是你的男朋友吗？从家里来看你？"

我笑了，他俩倒是一对，问同样的问题。

"他惊人地漂亮，我从没见过那么漂亮的中国人，人家说中国人矮，他比我还高一点，人家说中国人眼睛小，他的眼睛——"

"你去追求他吧，他这么漂亮。"我说。

"别取笑，他真是漂亮。"彼得说。

我白他一眼："你再说下去，我就当你有问题。"

彼得说："我不怕那个骗你的坏蛋，我怕他。他真不是你男朋友？"他的口气很是带酸味。

"我还是第一次见他。"我说。

彼得松一口气，他真还是孩子。

"况且你见过多少个中国人？他哪里算漂亮？"我说，"真是孤陋寡闻。"

"任何女孩子都会认为他漂亮。"彼得指出。

"你认为他漂亮，你去追求他好了。"我说，"我不稀罕。"

他笑眯眯地说："我就是要你不稀罕啊。"

我着实白了他一眼，心中暗暗叹息。

也好，住到月底，我就得搬走了，这里太贵；我是大人了，总不能靠家里一辈子，家里没有对我不起的地方，是我对不起家里。

然而这梦，醒得这么快，反正要醒的，早醒也好。想起比尔·纳梵，我的心闷得透不过气来，仿佛小时候吞熟蛋，太慌忙了，呛在喉咙里，有好一阵透不过气来，完全像要窒息的样子。

他以后也没有来过，也没有电话。

我没有去找他，他不要见我，我决不去勉强他。我今年不是十七八岁，我自己做了的事，我自己负责。

我不知道张家明对我母亲在电话里说了些什么，相信不会是好话：一个人住着大房子，病得七荤八素，没有工作，屋里有洋人。

十二道金牌马上要来了。

回去也好，免得在这里零零碎碎地受罪，回去之后，比尔·纳梵即使要找我，也找不到了（我回去，难道只要使他找不到我吗？），父母的脸色再难看也还是父母。

张家明第二次来看我的时候，我躺在沙发上看电视，嘴里吃着面包。

我替他开门，他稚气地递上一束菊花。

"你好了？"他问。

我点点头。

"那天我匆匆地走了，不好意思，你男朋友没见怪？"他问。

"那洋人不是我男朋友。"我没好气地说。

"哦。"

"茶？咖啡？"我问。

"咖啡好了，黑的。"他说，"谢谢。"

我一边做咖啡一边问他："你跟你'赵伯母'说了些什么？"

"啊，没什么，我说你很好，只因为屋租贵，所以才开销大。"他停一停，"赵伯母说这倒罢了，又问你身体可好，我说你很健康，工作也理想。"

我看着他。"干吗说谎？"我问。

他缓缓地说："工作迟早找得到，只要你肯做。谁没小毛小病的？"

"现在不是痊愈了？事事芝麻绿豆地告诉家里，他们在八九千里以外，爱莫能助，徒然叫他们担心。"他说。

他说得冷冷静静，十分有理，我的鼻子忽然酸了，人人都有理智，只除了我，往死胡同里钻，还觉得有味道。

我把咖啡给他，把花插进瓶子里。

我说："屋子大也不是问题，我下个月搬层小的，我也不打算住这里了。"

他说："有三间房间，如果你不介意与别的女孩子同住的话，我有几个亲戚，是女孩子——"

"我不合群。"我说。

他忽然说："你根本不跟人来往，怎么知道不合群？"

我一呆，他倒是教训起我来。

"今天晚上，我请你去吃顿饭，可以吗？"他问。

我点点头，我看着他，他微笑了。

其实他是少年老成的一个人，可是因为一张脸实在清秀漂亮，尤其两道短短的浓眉，使人老觉得他像孩子。

请我吃饭，多久没人请我吃饭了。

上一次出去是三个星期之前，比尔·纳梵请的。

我换了一件衣服，跟他出去。我走在他身后，坐在他车里，心中却不是味道，始终是默然的，不开心，恍惚的，心里全是比尔·纳梵。

这家伙带我到花花公子俱乐部去吃饭，那外国菜马虎得很，我一点也不欣赏，然而我礼貌地道谢，并且说吃得很开心，他只是微笑。

他眼睛里有一点慧黠——男人都是很复杂的东西，太复杂了，他应该是一个有趣的样板，可惜我没有空，我正为自己的事头痛着。

我有点呆：有心事的时候我是呆的，不起劲的，我只想回家睡觉，也不知道怎么会如此地累，仿佛对这世界完全没有了兴趣。

我尽量不去想比尔·纳梵了，不去想他的快乐家庭。

我尊重他的自由，他的选择。

既然他没有走到我身边来，算了。

我对张家明的歉意，与对彼得的一样。他花了这么多的钱好意请我吃饭，我却板着脸，我一辈子也不会再高兴了，正如不晓得哪本书里说："纵然举案齐眉，到底意难平。"我要的只是比尔·纳梵，以后嫁得再好，碰见再好的男人，我也不会开心到什么地方去。

张家明送我回家，我说："家明，我搬家之前开个舞会，请所有的朋友，你也带点人来好不好？我想把这屋子搞得一团糟才走。"

他笑了。"好的。"他说。

"答应我带多多人来，越多越好。"我说。

"好，我答应，起码带半打。"他说。

"谢谢你。"我说。

我也叫彼得带多多人来。彼得笑说："你别怕，我不会乱说话，除非你先承认你是我女朋友，否则我绝不提你的名字。"彼得真是好人。

但是比尔·纳梵还是没有消息，他真是说得出做得到的人。

好。

星期六晚上我出去买了一大堆酒与汽水回来，把沙发拉开，把灯光调暗，开始预备，又拼命地做三文治、蛋糕，忙得团团转，彼得帮我忙。

"你那中国男朋友来不来？"彼得问，"他来吃？为什么不帮手？今天起码有二十几三十个人。"

我说："那不是我的中国男朋友。"

他笑："他对你有意思。"

"才怪，他好好的人，会看上我，老寿星找砒霜吃。"

"你是砒霜？我拿砒霜当饭吃。"彼得笑。

"别胡说了。"我皱皱眉，"我只以为中国二流子才这般油腔滑调，嬉皮笑脸的，快把那蛋糕拿出来。"

可是客人来了，我还在忙，根本来不及换衣服，他们喝了茶、咖啡，我又得洗杯子，做更多的拿出去，等他们在跳舞了，我才松一口气。

张家明一个人带来了三对，连他自己七个，一进来就把一个盒子朝我推来。

"生日快乐。"他说。

"见鬼。"我说,"今天不是我生日,是误会。"

他耸耸肩:"那么误会快乐。"他一点也不在乎。

彼得在弄音乐,张家明看见了他,眨眨眼,刚想开口,我马上说:"他不是我的男朋友,我晓得你想胡说什么——咦,你自己的舞伴呢?"

"谢谢你的礼物。"我接着说。

"你在干什么?"他问。

"还有一点点厨房工作。"我答。

"算了,我来牺牲一下,帮你忙。"他说。

"不用,不敢当。"我说,"你去坐着。"

他跟我进了厨房。

他问:"今天开心点了?"

我一怔,马上说:"我一向都很开心。"

"才怪,别说谎,"他警告我,"前几天好像谁欠你三百两似的。"他看着我。

"你倒是眼睛尖。"我说,"把这个拿出去,放在茶几上,谢谢。"我差他做事。

他转个身就回来了。"找到工作没有?"

"把这些杯子也拿出去放好，别打碎。没有，还没有开始找，我根本不急。"

他出去了，我觉得碟子不够，以前仿佛有一摞瓷碟子藏在什么地方，于是我蹲下身子找，找了半晌，听见身后有脚步声，我以为家明转来了，就用中文说："看见三文治与其他点心了？一会儿也麻烦你，可是我碟子不够，你别担心，我会去找工作的。"

他不回答。

我一转头，呆住了。

比尔·纳梵。

我一定是看错了。

这是日想夜想的结果，我心酸地想：我神经错乱了。

纳梵走过来。我还蹲在地上，他伸手把我扶起来。

"你瘦了。"他说。

真是他。

忽然之间，我一点声音也听不见了，客厅的音乐，街上的车声，我只看见他，听见他。好一阵子，我才恢复过来，我低下了头。

我说："我伤风感冒。"声音很淡。

"你有一个舞会？"他问，"他们说你在厨房里，很热闹。"

"是。"我简单地说。

他来做什么？

我忽然想到那五百镑。他来是为了钱？不不，绝不是为了这个，这笔钱我迟早要还他的，但我还是说了，我说："那钱，是你存进我户头的吧？我必须还给你。"

他忽然很快地说："乔，我离婚了。"

我手上的碟子跌在地上，全碎了。

张家明刚刚走进来，"老天！"他笑道，"才说碟子不够，又打烂几只，怎么办？"

我呆呆地站着，家明看看比尔·纳梵，他说："对不起。"就退出去了。

我缓缓地转头："离婚了？"

"如果我没有离婚，我决不来看你，我们不能够像以前一般地拖下去，对任何人都没有好处。"他很冷静地说。

我问："为什么要告诉我？跟我有什么关系吗？"

"我知道你心里不高兴，乔，但是——"

"我没有不高兴，我为什么要不高兴？既然有人忽然打电话来，叫我好好听着，说以后不再见我了，我自然好好地听

着，你是我教授，我不听你的，还听谁的？所以我十分不明
白你这次来是为了什么。"

"乔，我抱歉，乔。"

"没什么，不算一回事。"我说，"你看我还是老样子，我
应该去换件衣服才是呀，我是女主人呢。"

他伸手过来，刚刚摸到我眼睛上的那道疤痕。以前他老说
那是"他的"疤痕，我再也忍不住，眼泪汩汩地流下来，我抬
头看他，眼泪中但见他一脸的歉意，我还有什么话好说呢。

他抱住了我。

"乔，让我们结婚吧。我做梦都想娶你，乔，我们在一
起，再也没有枝节了。"

我一直哭，渐渐由呜咽变得号啕，三个星期了，我没见
他已经三个星期了。

"我爱你。"我说。

我反复地说："我爱你。"

他让我坐下来，用手帕替我抹眼泪。

我告诉他："你再迟来就找不到我了，我家人不肯再汇钱
来，说我浪费，我只好搬家。"

"不用搬家，我来付房租。"

"可是——"

"没有可是。"

"我想你是不会再来了。我想回家，好让你永远找不到我，好让你后悔一辈子。"

"你知道得很清楚，我真会后悔一辈子。"

"比尔，"我说，"以后别再打那种电话了，答应我。"

"永不。"

我想问几十个问题，但是问不出口。

他缓缓地却说了："我妻子请了个私家侦探，你明白了？她专等我回去，把证据都放在我面前，她要求我不要再见你，我也觉得暂时最好不要见你……"

"你没说'暂时'，你说'以后不见我'。"

"对不起。"

"请说下去。"

"我当时真不想再见你了，我根本是害了你，把你牵连到这种不名誉的事里去，一星期过去，两星期过去，我实在忍不住，我晓得我应该做什么，我告诉她，她十分难过，但我爱你，我要求离婚。"

我问："她有难为你吗？"

"没有，她是个好人。她静了很久。她只问了一个问题。"

"什么问题？"

"她问：'我们的十七年，还比不上她吗？'"

我悚然地看着他。

他用手托着头，说下去："我不晓得怎么回答，我只好说实话，我说：'见不到你与孩子，我万分难过，但是见不到她，我受不了。'她隔了很久说她不明白，但是她答应离婚。"

我低下了头，我终于拆散了他们的家庭，我应该高兴？应该庆幸我的胜利？但是我没有十分快乐。

我是一个卑鄙的人。

纳梵太太说：我们的十七年……

也许我不必担这种心，十七年后，他已是一个老人，走路都走不动了，即使离开，也不过是我离开他，不会是他离开我。

就是为了这一点点的安全感？不不，我是爱他的。

我是爱他的。

他叹一口气，说："现在……"忽然又改口，"你现在高兴一点了吧？"他看着我。

我反问："你高兴吗？"

他说："有一点高兴，至少事情已解决了。"

我说："你高兴的话，我也高兴。"

他又吁出一口气。我不响，他不见得高兴，十七年的生活习惯一旦改变，他要多久才习惯？我会使他认为值得？他将来不会后悔？一连串的问题。

他把手放在我肩膀上，我不响。将来的路不是容易走的，我很明白。我终于跟他在一起了。照说应该狂欢才对。但是此刻心上似压了一块铅。以前他是别人的丈夫，责任全在别人头上，我只是借他一下，现在他整个人过来了，不只他的笑脸欢愉是我的，连他的烦恼愁容也是我的。但是命里注定我跟他在一起。

我将尽力。

"你将住在什么地方？"我问了一个很现实的问题。

他问我的意思，他可以搬出去住，也可以搬到我这里来。他必须负担两个家，原本的房子要交给妻子，每月要给子女生活费。换句话说，为了要再做一次光棍，他付出的代价可真大，但是他还是离了婚，为我，我应当感激他。

他是一个懂得控制感情的人，没过一会儿他就开始恢复潇洒了。

　　他说："以后你要听我的话。"他声音是这么温柔。

　　"噢，绝对，是，老师。"

　　他笑了。（这一切还是值得的。）

　　当我们出去的时候，家里的客人已经走得一个不剩了。主人不在场，大家也玩得很高兴，我看得出来，一客厅的酒杯酒瓶子，香烟灰，水果皮，沙发拉得横七竖八，垫子到处是，厨房里更加乱，吃不完的食物堆得一塌糊涂。

　　他笑说："真热闹。"

　　我笑："要是知道不搬家，才不搞这种玩意儿，现在叫我怎么收拾？"

　　他转头看我。"你要是知道我不来，也开舞会？你……有兴趣玩？"那样子，就完全像一个妒忌的丈夫。

　　我惊异地看着他，我简直不相信他会这样问我的。他难道不知道我为他几乎在床上躺了两星期？我为他连工作也不能继续了，他对自己没有信心。

　　啊，他也是一个人。

　　我软了下来，他为我牺牲了这么多，就因为他也是一个人。

　　他是教授，他是一个副校长，他是我的偶像，不过他也是一个人，他也有彷徨的时候，我握住他的手，他始终怕选择我是错的，他对我存着疑心。

他又问："那个男孩子是谁？你叫他彼得的。另外一个又是谁？好像是中国人。你说在这里不认识中国人。"

我为他这样子，他还不相信我。叫我怎么解释。我又不是一个喜欢解释的人，难道要我把他离开之后的事完完全全地说一遍？如果他真爱我，就不可以患得患失，就不可以叫我补偿他的损失，就不可以怀疑我。

我呆在那里。

他说："你累了。"

我摇摇头。

"我很疲倦，想躺一会儿。"他走上楼去。

我没有跟他上去，开始收拾楼下的东西，洗杯碟，抹水渍，等我把每样东西都放好的时候，已经天亮了。我把地毯用吸尘机弄干净。

我坐在沙发上吸烟喝牛奶。

我对自己说道：乔，以前跟他在一起的日子是假期，现在可回到现实来了。我该加倍小心地做人。

如今他为我离了婚，到我这边来的不过是一个人，他的精神负担与经济负担都不知道重得怎么样，难怪他对我有点烦躁。

　　我用手掠掠头发，起身把所有的窗子都开了透风，然后慢慢地上楼。他不在房间里。我到书房去找他，发觉他靠在安乐椅上睡着了，他的外套围得皱皱的，搁在一边，解松了领带，他是真的累了。

　　我蹲下来看他的脸，看他两鬓的灰发，看他搁在胸前有力的手。我终于得到他了。

　　我没有叫醒他，书房里够暖，他不会着凉，我去洗了一个澡，换了睡衣，实在支持不住，倒在床上就睡着了，我睡得很好，从来没有这么好过哪。

　　电话铃一下下地把我叫醒，我拿起听筒，几秒钟才清醒过来，先看钟，下午一点半，再猛地想起比尔在这里，从床上跳起来，我闻到他烟丝的香味，才放下心。

　　电话里"喂"了好几声。我说："哪一位？""张家明。喂，乔，你好本事，做主人，怎么开溜？害我忙了一夜，招呼你的朋友，你真好意思！罚你请吃饭。"他一口气说下去，我笑了。他其实并不想罚我。他不过想找个借口要我见见他，可是，可是我只爱一个人。

　　我说："好，我请你吃饭，你今天晚上来我这里，我亲自下厨房做给你吃。不过另外还有一个朋友。"

"我晚上七点准时到，你别把我毒死就行了。啊，对了，你的洋男朋友——他叫彼得是不是？他说你是出名的情绪主义，叫我当心。"

"他不是我的男朋友。"

"今天晚上见。"

"再见。"我说着放下话筒。

我奔出房间。"比尔，比尔？"

他转出来，咬着烟斗，微笑："在这里。"

我松一口气："我以为你走到哪里去了？"

"从此之后，长伴妆台，你就是赶我，我也没地方可走。"

我笑了。

"一起床就跟男朋友通电话，而且还说中文。"他说。

我只好笑："我男朋友今天晚上来吃饭，我介绍给你认识。"

他扬一扬眉："他真的来？"

"自然，"我说，"我不怕，你怕吗？"

"他会怎么想？乔，不一会儿，全世界的人会知道你与我在一起了。"他说。

"这是我的烦恼，与你无关。"我吻了纳梵一下。

"你真是倔强啊，何必呢？"他把手搁在我肩上。

"你不要管，现在你是我情人，不再是我老师。"我笑。

"他几时来？"他问。

"七点。"我说。

他说："我两点半有课，一直到五点多，我尽量赶回来！"他微笑，"我当然要赶回来，我怎么放心你跟其他的男人在一起，尤其是年轻的男孩子！"

我笑说："这不是真的！谁还敢碰我这种人？除了你，你胆子真是大。"

他说："我是看着你长大的。"

他去了之后，我到附近的市场去买了不少食物水果回来，我不大会做菜，但是做出来的食物还可以入口就是了，不管是什么菜，那味道总是淡淡的，永远放不够盐，可是这次做牛肉清汤，拼命地下劲调味，又太咸了。

手忙脚乱地弄了三个钟头，总算做了三菜一汤，中西合璧，刚坐下来冲杯咖啡松口气，张家明倒先来了，他按铃，我替他开门，他买了好些鲜花来。

"你早了。"我说。

"不早，六点三刻，因为交通不挤，所以早了一点点。"

八

现在我知道他是一定会回来的，某一个钟头，某一个时刻，他一定会出现，这还有什么喜悦可言呢？很普通的一种生活。

我猛然才想起，比尔迟到了，他说好五点半下课的，怎么拖到现在！然而他是个忙人，以前我有功课不明，放学也一直拖住他问长问短，三两个学生一搞，就迟了。

　　张家明走进屋子来。"哟！我没看错吧，这么干净！几时收拾的？真不容易，我还准备今天来帮你忙呢。没想到你还顶会做家事，出乎意料。嗯，这香香的是什么？牛肉汤？我最爱肉汤了，乔，其实你妈妈根本不必替你担心，你好能干。"他说了两车话。

　　他是一个活泼的青年人。

　　我被他说得笑出来，跟他在一起，颇有点如沐春风的感觉。

　　他和气地看着我："要当心身体，别老生病就好。"

　　"以后也不会了。"

"我肚子好饿。"

"我们再等一个人,他来了就马上开饭。"我说。

"谁?"张家明问。

我说:"不是跟你讲了,今天还有另外一个朋友,家明,我知道你这次来,是受人之托,可是我无法对你坦白一点。这个人是我的教授,比我大十多二十岁——"

"请教授吃饭?"他扬扬眉毛,"你不是早毕业了?"

"可是现在他——"我刚想解释。

"门铃,你先去开门。"家明说。

比尔回来了,他一脸的歉意站在那里,我先笑,"对了,一大堆漂亮的女孩子围住你,你简直无法脱身,是不是?我当然原谅你。"

他吻了我一下,抬头看见了张家明,他笑说:"我们有朋友?"

"是,这是纳梵先生,这是张家明先生。"我介绍着。

比尔说:"我马上下来,肚子饿得不得了,是肉汤?香极了,真了不起,乔。"

我摇头笑,煮这顿饭总算值得,没吃就被人称赞得这样。

家明是聪明人,他脸上微微变了色。他明白了。他有点失望,但是风度还是好的。

他一边帮我开饭一边说："乔，我还以为我有机会的。"

"什么机会，你们好好的男孩子，哪愁找不到朋友。"我笑。

"我喜欢你，"家明也低着头笑，"世界上的事情是很难讲的。"

"可是我不久就要结婚了。"我说。

"他是一个很动人的男人，器宇不凡，真是你的教授？"他问。

"是真的，我爱他。"

"看得出来，他比你大很多，一直没结婚？"家明问。

"不，他刚离婚，"我坦白地说，"现在我们住在一起。"

他沉默了。过了一会儿，他问："你想清楚了？"

我点头。

"我不太赞成。你总要回家的，他未必肯跟你回香港。当然如果肯的话，不愁没工作，但是——这当中自然很有点困难。你又是家中唯一的女儿。"

"我都想了，但是你听过这话：火烧眉毛，且顾眼下。"

"我的天，乔，他也不过是一个男人，"家明不服气，"哪里就这样了？"

"这话对。"我说，"但是你不明白。"

"不明白爱？"家明问。

比尔下来了，拿着他的烟斗。

我把饭菜都摆好，他们坐了该坐的位置。家明很礼貌，他说他是我家的朋友，有事来看我。比尔听了很释然。他总算相信家明不是我青梅竹马的男朋友了。

饭后我做了咖啡，洗碗。这样子的功夫偶然做一次倒还可以，当过年过节的大事件，做多了就实在不妙，为了一顿饭花几乎五六个钟头，开玩笑。

比尔大概晓得我无意做煮饭婆。我尊重会做家务的女人，但是我自己不高兴做，我有文凭，我能出去做工赚钱就是了，我又不花别人的。

家明很快告辞了，今夜不是他想象中的一夜。

在门口我说："家明，你没生气吧？""生气？不会，你放心，我也不会跟你家里说，这是你的自由，或是这句话已经说俗了。"

"谢谢你，家明。"我说。

"你可嫌我婆婆妈妈，"他酸酸地说，"我是为你好，我并不相信外国人，他们与我们不同，他们有点畜生味道。"

我微笑："可是中国男人的所作所为，有时候绝了的。"

"说得是，然而我们是读书的人，再坏也坏不到什么地方去。"他辩白。

"读书的人有时候是酸的。"我说，"想不通，不好玩。"

"乔，我相信你爱他。"

"嗯。"我说。

他走了。

我关上了门。

比尔说："你那小朋友好像不大放心。"

"是的。"我说，"可是我认识你，似乎已经有半辈子了，比尔，他不明白，我相信你，你是可靠的，没有你，我好像没有附属感。我知道你是外国人，可是我一直在外国受教育——或者我们会有困难，那是将来的事。"

比尔喝着咖啡，他说："我可没想到国籍问题。"

他想到的只是家庭纠纷，可怜的比尔。

他把行李搬了来，我帮他整了一个晚上，昨夜与今夜一般地累。我忽然想起了一件事，就跟比尔说："比尔，你知道我还是得工作的，我们晚上怎么吃饭？"

他一怔，仿佛不大明白的样子，然后他微笑。"我很喜欢你煮的菜。"他说。

他误会了，我倒抽一口冷气。老天，他以为每天我下了班还得煮那些菜？我连忙说："比尔，我不想天天煮，我不大喜欢这种工作，我们……买饭回来吃好不好？"

他还是一呆，说道："这是很复杂的现实问题。"

"没有什么复杂的，"我笑，"要不就吃罐头，天天吃，十年八年之后，你就烦了，就把我从窗子扔出去了。"

他拍拍我的手臂。"在家，你不帮你母亲？"

"我母亲才不煮饭！发穷恶的中国男人才到处向人诉苦，说老婆不会煮饭，我爸爸请了两个用人，专门服侍我妈妈，我妈妈才不用动手，这就是东西方之别。"我说。

比尔怔住了："我的天，才说国籍不是问题哩。"

"妻子是伴侣，又不是老妈子，我们这一边的女人，嫁了人之后，衣食住行零用，甚至是她的家庭开销，都是男人包办，你听过没有？"我笑问。

"那不是成了寄生虫？"比尔笑问。

"寄生虫有什么不好？"我说，"有人给我做这样的寄生虫，你看我做不做？可惜这年头，男女太平等了，所以女人不但要上班赚钱，回来还得煮饭，是不是？"

他不响，他说："你还小。"

"我不小，比尔，我再隔二十年，也还是不愿意煮饭，我对这种工作没兴趣，你要是光为了炸鱼薯条跟我在一起，那你随便找哪个女人去，是不是？"我撒赖似的靠在他身上。

"你还小。"他坚持着。

一切都很好。我们买了许多罐装、纸包、方便的食物回来。他没有抱怨。然而除了这个，我们也有很多小地方合不来。他坚持到处开着窗，我怕风怕冷，来不及地关窗，他认为不合卫生。我喜欢靠在床上看书写信，老半天不起来，他觉得床只是睡觉的地方，我爱喝点酒，抽烟，我的生活是不羁的，他每天固定一早七点半要起床，有时候他出门了我还在看小说。

他很不习惯我的生活方式。

他们英国人看不惯我这种闲逸放荡的日子。

房子现在由他付着租，我找到了另一份半天工，每日只做四小时，赚得很少，却也够应付，下班回来，反而要比尔替我做茶冲咖啡。

我不晓得他有没有抱怨，大概是没有，因为他是一个成熟的男人，深夜里也许会想他那典型的家庭温暖。然而十七年的家庭生活一定使他觉得乏味。

跟我在一起，他有他的快乐，不然他怎会选我，他又不是傻子。

我们有时候开车到南部海滩去散步，租了旅馆住，傍晚在大风中走一晚，第二天早上回家。有时候去看黄色电影，有时候吃意大利馆子。甚至可以想到的都值得试一试。

他也说很开心。仿佛从牢笼里放出来了，轻松得什么似的，三文治当饭也不错，省时省钱省力，反正英国人的家常菜那味道更可怕。

有时候看报纸喝着茶，他会跟我说："没有孩子真静。"

我开头以为他想要孩子，正在犹疑，不晓得如何答他，猛地想起，他原来是怀念自己的孩子了。

他跟妻子约好，一星期看孩子一次。

我没有陪他出去，我觉得我的出现是尴尬的，一向我应付这种场面都不是能手，他做什么，我都随他去，再也不干涉他的。

他每次星期五夜里去，孩子们星期六不上课，可以晚点上床，其实他的孩子也不太小了。

我从来不问他的孩子们好吗，妻子好吗，家好吗，何必这么虚伪，我如果真关心他们，也不会破坏他们的家庭，不如索性装小，好歹不理。

我不问，他也不提。

我发现凡是男人，不分国籍，几乎都是一样的，我是应该说：看穿了都一样。他这样的学问智慧，还是一个凡人，他的沉默，使我觉得他并不十分满意。

我不多心，我喜欢跟他在一起。

一个星期五傍晚，他还没回来，我一个人在家，有人上门来，是他的妻子。

我很客气地说："你好。"我没有告诉她："比尔不在家。"

她这样忽然之间上门来是极端不礼貌的，我又没有心理准备，她大概是看我惊惶吧？上了年纪的女人总有一手，我倒为了这个镇静下来。

我请她进了屋子，弄饮料。

她说："你好，乔。我刚刚走过这里，想跟比尔说一声，女儿有点不舒服。"

"他不在。"我说，微笑说。

"请你代我转告一声。"她说。

"转告不清楚，请你隔一会儿打电话给他好了，他恐怕是在大学里。"我婉拒。关我什么事，要我转告。孩子要真有事，她还这么空，坐在这里穷聊。

女人就是这样，本来做得大大方方的事，一定要加条尾巴，弄得婆婆妈妈，她这样来一次，算是什么意思？

她缓缓地问："比尔好吗？"

"你每星期见到他，你说呢？"

"他瘦了，吃得不好。"她看着我。

我答："中年人瘦点好，胖了血压高。"

"听说你从来不做饭？"她问。

"做饭，在我们的家，是女用人的工作。"

我乱扯着，不过想压她的气焰。"比尔并不介意，他要是介意，早已留在你那里吃炸薯仔，煎肉饼了，你不见得天天以鱼子酱生蚝伺候他。"我一点余地也不留，留了余地，她就再不会饶我。

她不响。

我一直没有喜欢过她，因为比尔的关系。虽然她很爽直，但是开头我怕她，后来我就厌恶她。

过了一会儿，她说："比尔的经济情形很坏，你知道吗？你既然与他住在一起，就该明白他的处境，他要负责孩子们，又要负担你，现在弄得很不舒坦。"

"你为什么不对他说说？我觉得这些话我听了也没有

用——啊，他回来了。"

比尔开门进来，见到他妻子，就呆住了。

我连忙说："比尔，你太太刚刚说你经济情形很坏，既要养孩子又要养我，你们两个人商量商量吧。"

纳梵太太忽然就站起来骂我："你这母狗！"

我老实不客气一巴掌掴过去，她脸上结结实实地着了一下。

我铁青着脸奔到楼上，关上了房门。

人总是人，全世界的人都是一样的，外国女人出名地大方，不过大方成这样，中国女人温柔，不过温柔成我这样。她不该骂我，她根本不该上门来的。

过了一小时比尔才上楼来，我后悔得很，无论怎样，我已经得到了他，我该让让她。

可是我并没有勉强比尔，她凭什么活了几十年，一点道理也不懂，跑来给大家没脸，我让了她，她就会带孩子来哭闹，更不得了。

比尔上来，我躺在床上，他坐在我旁边问："你为什么打她？"

"是，我打了她，我要赔命不成？"我反问。

"她不该骂你，全是我不好，可是乔，你一向文文雅雅，天真娇怯，怎么今儿这样？"

"问你自己。"我说。

"全是我不好，我负责任，全是我不好。"他深责自己。

"你女儿病了，她说的。"我提醒他。

比尔不出声。

他坐在我床沿，只是不出声。忽然之间我疲倦了，我说："比尔，我们要如此度过一生吗？如果你要离开他们，索性离开他们，我们到香港，寄钱回来，叫孩子也到香港玩，可是让我们远远离开这里，到香港，到香港一样可以做教授。"

他抬起眼来，眼神是深沉的。

我叹口气："我从没求过你任何事，但是我只建议你做这件事，好不好？"

"我的半生，是在英国度过的。"

"说谎。"我说，"你去过美国。"

"不过是念几年书。"

"我怎么可以在外国生活？"我问。

"你小。"

我摇头，不想多说了，他害怕，人年纪一大便不敢闯世界，人之常情，我十分明白。我盘在床上，不知道说什么才好。忽然之间我们没有对话了。

"她要我们不快乐，她成功了。"我说，"你去跟她说，她成功了。"

"对不起。"他说。

"别对我说抱歉，你也无能为力。过去——很难擦掉，除非真有毅力。"我停了一停，"我累了，我要睡觉。"

他转过头去，两鬓的灰发忽然显出他确实老了。

我也老了。有心事搁在胸口里，不说出来。我认识他实在是迟了，他不是一个自由的人了。离婚何尝不是一个名词，和结婚一样，他离了婚等于白离，他妻子现在这么闲，天天来烦我们一下有什么不好，来了一次就有两次，我实在应付不了。

那夜我气鼓鼓的，缩睡在床的一角，一句话也不说。

第二天早上比尔到大学去了。

我中午才起床，觉得很没有味道，现在我知道他是一定会回来的，某一个钟头，某一个时刻，他一定会出现，这还有什么喜悦可言呢？很普通的一种生活。

我上了一次街，回来的时候，看见一个女人披头散发地在门口等我。

我一见是纳梵太太，吓得魂飞魄散，转头就跑，她大叫一声追上来，我奔了两条街，总算见到了一个警察，躲在警察身后。

她追到了我，指着我就嚷："我丈夫呢？"

警察惊讶地看着我。

我真是厌恶，恨不得比尔此刻在这里，看看他同居十七年的爱妻的姿态。

警察问我："你认得她？"

我说："见过。"

"她是谁？"

"我男朋友的离婚妻子。"我坦白地说。

警察点点头，用手挪开她，说："女士，我要送这位小姐回家，你让开一点。"

"我要找我的丈夫，我女儿病了。"她叫。

警察看着我。

我别转头，我说："她丈夫在大学教了十年的书，她怎么会不知道他在什么地方？纳梵太太，你也是读过书的人，怎么这样卑鄙低级，比尔看见你这种样子，到法庭去一次，你连孩子都没资格看护了，你细想去！"

警察陪我到家，开了门，我向他道谢。

警察说："你不介意，我也劝你两句。你是个漂亮的女孩子，哪里找不到男朋友，何苦去惹别人的丈夫？"

我摇摇头，我说："你不会明白的，谢谢你的忠告。"

我关上门，只觉出了一身冷汗，真正恐怖。

我冲了一杯很浓的咖啡喝，坐在沙发上发呆，我应该把这件事告诉比尔？我不知道怎么办才好。我拿起电话，又放下，终于又拿起电话，接通了，校务处替我找到了他。我把刚才的情形说了一遍。

"她或者会来找你。"我说。

他沉默了很久，我以为他挂断了电话，但是我听到他的呼吸声。

他说："对不起，乔。"

"是我不对。她很不开心。"

"不是你不对。"他说。

"也不是你的错，她这样的——看不开。"

"我知道怎么做了，你在家好好的，别乱走。"比尔说。

"比尔，她——怎么样一个人？"

他不响。

"她危险吗?"

"乔,她是个好人。"他说。

"我没说她是坏人,是歹徒,是凶犯,你不用怪我多心,你不必帮她说话,老实说,比尔,我根本不明白你怎么会跟她离婚的!你为什么不回她那边去?大家都省事,你没有她不乐,她没有你成了疯婆子,你何必装成那个样子?仿佛为我才拆散了家庭?你们既然过了快乐的十七年,当初根本不应该中我毒计,受我离间,叫我引诱了你!"我大力地摔下电话筒。

我抓起了大衣,头也不回地出门,这一次我开车,如果再叫我见到那女人,我真会开车撞倒她的。

盲目地驶了一阵子,我迷惘地想:找谁呢?

车子开到理工学院附近,我抬头看见了张家明工作的地方。我停好了车子,走进他们的实验室,叫校役代我通报。"我要找张家明。"

家明走出来,穿着发白的牛仔裤,一件上好的茄士咪[1]羊

---

[1] 即开司米(Cashmere),山羊绒的俗称。

毛衫，面目清秀，我再心情不好，还是勉强地笑了一笑。他见到是我，十分愕然，但是很高兴。

"你好。"他说，"请到里面来坐。"

我轻轻问他："家明，今天，你有空吗？"

"什么事？"他问。

"我要请你看电影吃饭喝啤酒。"我说。

"当然有空，求之不得。"他说，"你看上去精神不大好。有什么事没有？"

"没有。"我笑笑，"这是你的实验室？好伟大。"

他招呼我坐，给我吃口香糖、红茶、饼干，我看着钟。比尔该下班了，回到家里，他会发觉他忠实的情妇不在那里等他，我就是为了要叫他生气？也不是。我早过了赌气的年龄，我不会那么傻，只是我也要轻松一下，家明是个好伴，为什么不找他散散心。

我问："家明，你有没有洋女朋友？"

"没有。中国女朋友也没有。"他说。

"真是乖。"我称叹。

"这与乖有什么关系？我只是找不到女朋友而已。"

"咦，你干什么？"我问。

"收拾东西。我饿了几个月了，今儿有人请吃饭，还不快走，等什么？"他笑。

我也笑了，我与他走出大学，大家争了半晌，终于坐了我的车，他百般取笑我的驾驶技术，我一点也不介意，他真是幽默的人。

我们吃了一顿很丰富的意大利菜。

他忽然说："乔，你浪费了自己。"

我看他。

"要不你就好好地念书，要不就好好地做事，这样子，真浪费了。"他说。

"我野心不大。"

"这不是野心问题，"他说，"做人应该好好地做。"

"嘿，五百年后，有什么分别！"我的老话来了。

"噢，谁管五百年后的事？小姐，现在可有分别啊！"他笑着答我。

我一想，果然是，真的，从来没有人这么回答过我，他说得十分有道理，我笑了。

"我也尝试过，真的。"我解释，"总不大成功。"

"你试得不够，你今天是怎么出来的？你男朋友呢？"

“我们弄得一团糟。”我说。

“你还爱他？”家明问。

我不响。爱是忍耐，爱是不计较，爱是温柔。我真还爱他吗？也许是的，因为我为他不开心。这不是快乐的爱。

“你想想看，”他说，“想想清楚。”

“我太累了，没时间想。”

“你这个人，就是懒。”他白我一眼。

我疲倦地说：“家明，你替我想想，这是我生平第一次恋爱，真正出师不利。”我苦笑，“但我爱他，我决定回去，好好地待他。”

“你是千金小姐，跑到外国来，嫁王公伯爵是可以的，”家明取笑我，“他不过是中下阶级，你想想，怎么合得来，你人在这里，虽然说山高皇帝远，到底不过是几个钟头的飞机，你当心你妈妈来找你。”

我一怔：“这不是恐吓吧？”

家明摇摇头：“我干吗要吓你？我并不做这种事。”

“她说要来？”我问。

家明点点头。

“我的天呀。”我说。

"你仔细想想吧。"家明笑。

我也笑："你是奸细，她来了，我就往你家躲，硬说你是我的男朋友，要嫁给你，反正她喜欢你，自然不说什么，你就晓得味道，真好笑，在家里的时候，我可不知道她有你这么个心腹，你也太多事了。"

他不在乎："我不怕。"

我看看钟。十点了，我说："家明，我要走了。"

"好的。"他一点意见都没有，也不多问，马上叫侍者结账。

我抢先付了钱，他也不争，然后他把我送回家里。

家没灯光，我向家明道别。

比尔他在哪里？

我倒为他先赶回来了，他不在。

我用锁匙开了门，客厅里是冷的，静的，一个人也没有。

我叹一口气。

还说过一辈子呢，现在就开始斗气，斗到几时啊！我没开亮客厅的灯，我坐在沙发上，黑暗里坐着，我必须向他道歉，为我的卑鄙、孩子气、自私、小气道歉。他终归会来的。我高声说："比尔，我很难过，比尔，对不起。"

我冷笑了几声，他又听不见，他一定是生了气，跑回去与妻儿团聚了。他有的是退路，我呢？我掩着脸，喃喃地说：
"对不起妈妈，对不起比尔，对不起每个人。"

客厅左边忽然传出一个声音："不是你的错，别担心。"

我尖叫一声，吓得自沙发上跳起来，膝头撞在茶几上，痛得弯下腰，我呻吟了。"谁，是谁？"

"你在等谁？"温柔的声音。

我松下来，一下坐在地上，是比尔。

"噢，比尔。"我抱住了他，"你在什么地方？我看不见你。"

"在这里，我回来很久了，在等你。"

我摸着他的脸。他握住了我的手，吻我的手，他说："这多像那次在医院里，你看不见我，躺在床上，唱着歌，你哭了。"

他紧紧地抱着我。

过了很久，他说："我多么地爱你。"

从那刻开始，我决定容忍到底，我把头埋在他胸前，我们坐在黑暗里很久很久，我决定容忍到底。

从那一天开始，我没有提过半句他的不是。

我并且开始做一些简单的菜：牛肝洋葱，罗宋汤。我在下班的时候把菜带回来，后来发觉每天买复杂，干脆买一大堆搁在冰箱里。

比尔很惊异，也很高兴。他喜欢吃中国式的油菜，我又去找芥蓝、菜心。后来他说这样吃下去，准会胖，他是这么快乐，我认为相当值得。有空他也煮，我还笑他煮得不好。

星期五，他仍然回去看孩子。大部分的薪水他拿回去交给他们，自己只留下一份零用与房租。我并不介意，如果为了嫁钱，我还可以嫁得到，我不稀罕。我从不过问他的钞票。我把银行里的钱也还了他。

只是我不知道我们何日可以结婚。

我是希望嫁给他的。又怕妈妈生气——唯一的女儿嫁了洋人，有什么风光，如果这洋人肯到香港去，倒也罢了，偏又把我拐了来外国住，她恐怕受不住这刺激。

所以比尔拖着，我也拖着。

可是经过那次无稽的吵嘴以后，我们的日子是平安的。

不要说我迁就他，他对我的好，也是我毕生难忘的。

他对我的好，我知道，我难以忘记。

我们似乎是没有明日的，在一起生活得如此满足，快乐。只要他与我在一起，我就只重视他与我在一起的时刻。他踏出这间屋子，到什么地方，做什么事，我从来不过问的，眼睛看不见的事情最好不要理。开头是不习惯，到后来索性成了自然。

他晚回来，我不问，早回来，我也不问，有时候不回来，我也不问。

有一次他早上八点钟才来，我明知他是回了家，他还有什么地方可去呢？他在楼下开门我已经知道了，一夜没睡，然而我还是绽开一个大笑容，老天晓得这忍耐力是怎么来的，可是我想，总要有个人同情他才是呀，板起脸孔也没有什么好处。

我过着这样的生活，只有家明偶然来看我。他不赞成，但是他很尊重我，他当我是朋友。

最后一次家明来看我，他问我："你妈妈要来看你，你可知道？"

我点点头："来了几次信了。"

"你怎么说？"家明问。

"我觉得无所谓，我欢迎她。"我说。

"她不会叫你回去？"家明问。

我微笑："她叫是她的事，脚在我身上。"

家明叹口气："所以，感情这回事，没话好说，但凡'有苦衷'之辈，不过是情不坚。"

　　我还是笑，笑里带种辛酸。难为他倒明白，他是个孩子，他倒明白。

　　妈妈要来，我有什么办法。

九

我又关了无线电，屋子里很静，只有我们两个人，但是够了，只要两个人就够了，其他的人，其他的人有什么用呢？其他的人只会说话。

晚上我跟比尔也提及了，我说："你怕不怕？我妈妈要来。"

他很愕然："你怎么不早点告诉我？"

"现在说不是一样？"

"你真是小孩子。"他看我一眼，"你想我怎么样？"

"我叫你避开，我不会。"我笑，"我要你见我妈妈，你怕？你怕就是不爱我。"

他沉默了很久。"不，乔，我不可以见她。"

"为什么？"

"等我们结了婚才见她，好不好？"

"她可不等我们结婚，她要来了。"我说。

"对你来说，是不大好的，她会——不高兴。"比尔说。

"为什么？"

"因为我对你不好。而我的确是对你不好。"

我叹一口气："什么是好呢？一定要结了婚，天天对着，天天吵架，为油盐酱醋发愁，这才叫好？我知道你想跟我结婚，你只是不能够，我明白，这就够了，我相信你。比尔，世界上没有十全十美的事，我自己愿意的，你放心，我绝不怨你。"

"然而，我误了你。"他轻轻地说。

我抱着他，背着他哭了，他误了我。他没有借口，他肯承认他误了我。多少男人负了女人，还得找千奇百怪的理由，证明不是他们的错，到底比尔还有勇气承认是他的错。

他轻轻说："叫我老师，乔。"

"老师。"

"不是这样，像以前那样。"他说。

"我忘了，多少日子了，我没做学生这些日子，怎么还记得？再也记不得的。"

他不响。

然后我知道他流泪了。我是震惊、错愕的。我没想到一个他这样年纪的男人居然会哭。我难过得呆在那里，装作不知道。

我站起来，开了无线电，一个男人在那里唱：

　　是我知道

　　我可以有多寂寞

　　我的影子紧随着我

我又关了无线电，屋子里很静，只有我们两个人，但是够了，只要两个人就够了，其他的人，其他的人有什么用呢？其他的人只会说话。

妈妈来了。

我去机场接她。她老太太还是那样子，五十多岁的人看上去像三十出头，细皮白肉的。中国女人享福的真会享福，瞧我妈，爸养了她一辈子，什么都不必她操心，天下的烦恼，大不过一间屋子，她就在屋子里守了一辈子，有时候居然还怨天尤人，看我，还有几十年的光景，不知道怎么过呢。

她见我，铁绷着的脸就松了一点。

第一句话就说："几十个钟头的飞机，坐死人了！"

我微笑。

"你倒没瘦，可见家明照顾得你不错。"她点点头，"家明这孩子呢？"

"他上学，没空来，妈你也知道，陌陌生生的，差遣他做几千桩事，不怕他烦？"

"烦什么？自己人。"她笑。

"什么自己人？"我反问。

"我这次来，是跟你们订婚来的——"

"我的妈呀！"我叫。

"我当然是你的妈，我不是你的妈，是你的什么人？"她白我一眼，"大呼小叫的！我告诉你，见了张伯母，也还这么来着，我可没面子！"

"张伯母？我为什么要见张伯母？张伯母是什么人？"

"张伯母后天到，我们一起商量商量。"她说道。

"商量什么？"我沉下了脸。

"婚姻大事，你们的婚姻大事。"她得意扬扬地说。

"妈妈，现在不流行盲婚了！"

"盲婚？你难道没见过家明？"妈妈咄咄逼人地说。

"我见过他——"

"你难道不喜欢他？"

"喜欢——"

"难道没有与他单独相处过？"妈妈问。

"有。"我说。

"这不就是了？照你们这个速度，拖十年八年也不稀奇，我们年纪大了，可心急，不如订婚再说。"

我不响，我叫了一部街车，司机把母亲的行李搁在车后，我扶母亲上车，母亲在车子里絮絮地说着话，我不知道为什么，鼻尖手心都有点冒汗，我想告诉她，我另有爱人，不是家明，怎么都说不出口，预备好的说辞都出不了口，她到底是母亲，再隔三千年也是我的母亲，怎么好叫她这么伤心呢？

车子飞驰着，我始终没有说话。

"家明呢？家里有电话？我要找家明。"她说道。

司机把车子停了下来，我扶母亲下车。

她一看："房子倒是不错，难怪屋租这么贵，可见物有所值，这部小跑车是你的？我最不喜欢你开车，你最爱危险驾驶。"

我用锁匙开了门。

她在沙发上坐下来，左左右右地打量着。

"把家明叫来呀。"

我替她拨通了号码，让她自己讲话。我先煮下冲茶的水，然后冲上楼去，把比尔的东西一股脑儿都收到橱里去。我没有勇气，三天前的心理准备现在全派不上用场。我的天，我决定骗她，骗得一时是一时，反正她不会在这里一辈子。

我再下楼，母亲已经做好了茶，我松一口气。有妈妈到底是不一样，差太远了，说什么有个帮手的人。

她说："屋子很干净。"

"谢谢。"

"家明说他尽快赶到，毫无问题，真是好孩子，乔啊，如果你跟他订了婚，任你跑到非洲去，只要你与他同在，我也就放心了。"

妈妈说得对，我完全同意，家明就是一个那么可靠的人。

"你爱他？"妈妈喜滋滋地问。

我笑了一笑。

"什么都别说了，有一阵子啊，我真气你，可是想想，一共只有一个女儿，有什么不对，大概是父母教育得不好，孩子总是孩子，所以——没想到你与家明倒成了一对。"

我默然，过了一会儿我说："妈妈，我与家明，不是你们想的那样，我们不过是朋友。"

"别骗我了，你们总是赖。"

"不，真的，谁说我们可以订婚了？"我问，"我可没说过，难道是家明说的？他不会。"

我知道不是家明。

"你们怎么会说！"

"妈妈，你不能自作主张，否则大家以为我嫁不出去了，急成这个样子，我可不是这种人。"

"不跟你说——你叫我睡哪里？"她问。

"楼上客房，已经收拾好了。"我说。

"你一个人睡几间房？"

"三间。"我说。

"真享受——"

我没听到她的声音。我觉得对不起她，对不起比尔，对不起家明，对不起——

我在电话里找到比尔，他在授课，我很简单地说："我妈妈到了。"

他说："啊。她好吗？"

"好，谢谢。比尔，我没有把我们的事说给她听。"

"我明白，今夜我不回来了。"

"对不起，比尔。"

"不关你的事，如果我们结了婚，没有这种难题。"

"比尔，对不起。"

"我爱你，再见。"

"我们再联络。"我放下了电话。

我心里有一种茫然的感觉。噢，我想见他见他见他见他。

家明来了，他的神情尴尬至极。

我必须承认他是一个漂亮的男孩子，尽管不自在，尽管刚刚从大学里赶回来，他还是有一种摄人的清秀与镇定。他与母亲礼貌地招呼过了，就看着我，眼睛里有一种复杂的神情。

母亲终于累了，她要午睡，我与家明坐在客厅里，我低着头，看着自己的手心。

他问："你告诉她了？"

"没有。"我答。

"是很难说的。"他同情我。

我叹口气："可是她要我与你订婚，多么可笑，别说现在这样，就算没有比尔，她也该想想，人家怎么会要我？"我带着嘲弄的口气。

家明背着我，看着炉火，他说："为什么不要你？你有什么不好？"

"我？"我挪动了一下身子，"我？我当然不好，何止不好？简直罪恶，拿了家里的钱来开销，一不读书二不工作，跟洋人姘居，我好？我再也没有人要的了。"

"我倒觉得你好。"家明还是背着我。

"那是因为你愿了解我，当我是一个朋友，可是其他的人怎么想呢？"我问。

"其他的人，不过因为他们没有你这样的机会堕落，所以吃醋罢了。"他答。

我笑了，躺在沙发上，把垫子抱在胸前。

"家明，对不起你，你工作必然很忙，这样子把你拉了来，你心里不知怎么样想呢，可能在咒骂：这家子，有这样的母亲，就有这样的女儿。"

"你真要知道我怎么想？"他转过头来。

"嗯。"

"我在想，如果这是真的就好了，我不费一点力得到了一个我要的女孩子。"

我一怔："啊，家明你开什么玩笑？"

"这年头没有人相信真话了。"他笑。

我不响，我不知道怎么说才好，为什么我也暗里希望这是真的——如果我不认得比尔，我只认得他，我们就要订婚了，从此下半辈子不用愁了。我惨痛地想：然而事实不是这么简单呢。如今他做了我的挡箭牌。

"家明，"我说，"我实在感激你，真的，我母亲……希望你帮我这个忙，她在这里的当儿，你多多包涵，别把我的事说出来，我实在不忍她失望，将来要是我结了婚，她好过一点，也许情形不同，可是现在——"

"你放心。"家明打断我，"你怎么还不相信我？"

我有点惭愧，他说得对，我可以相信他。

"你累了，你也该休息一下。"他说。

"家明，你妈妈也要来，是不是？"

他点点头。我呻吟一下。真受不了，一个老奶奶已经弄成这样，倘若来了两个，那还得了！我自楼上抽了一张毯子下楼，蜷在沙发里睡了一会儿。家明不方便上楼，我只好下来陪他，不能让他一个人留在客厅里。

我睡了一刻便醒来了。家明坐在地上，在做功课，他的笔记摊了一整个茶几，电视在播映足球比赛，没有扭响声音，他看得全神贯注，一边在嚼花生，喝着咖啡。足球紧张了，他握着拳头挥舞。

这人是个孩子。我忽然记起比尔也这么做笔记来着，我也是在沙发上睡着了，然而两个人的神情是不一样的。一醒来比尔就发觉了。但是家明，他大把大把的花生往自己嘴里送，一边手舞足蹈。

我用手撑着头，看着他的背影，就笑了。

他这才发觉，转过头来，他说："啊，醒了。"

我想，比尔现在在哪里？他会原谅我吗？为了母亲，我叫他不要露脸，把他赶到别处去住。

家明说："你肚子饿了没有？我们在中国饭店吃饭，我请客，等伯母醒了就去。"

我看着他，笑着点点头，他握住了我的手。

妈妈的声音响起来："我早就醒了。"

我们回头，她笑吟吟地站在那里。妈妈真是厉害。

我叹了一口气，她这一次来，有计划之壮举，再也不放过我的，幸亏是家明，换了别的男孩子，叫我怎么应付呢？家明向我投来一个眼色，叫我不必担忧。

妈妈又发觉了，她说："你们不必挤眉弄眼的，我很明白，你们不必忌我，平时怎么样，在我面前也怎么样好了，我是最最开通的。"她一直笑。

我没好气。她开通？家明是她喜欢的，所以她特别"开通"。

我们一起去吃饭，坐席间也是妈妈一个人说话。不过见她如此高兴，我也颇为安慰，家明真好，把她服侍得滴水不漏，我看着只会微笑。待她走后，我可要重谢家明才是。

一顿饭吃了好几个钟头，吃完饭，她忽然从皮夹子里拿出一只扁长盒子，放在桌子上。

"家明，"她说，"伯母把你当自己孩子一样，伯母喜欢你，这是伯母在外国的见面礼，你若不收，就不是好孩子。"

我笑："怎么见得他不收呢？又不是送他炸弹！"

妈妈白我一眼："你当个个人像你？无法无天？家明是规矩的孩子，他多客气，当然是不肯收的。"

我吐吐舌头："你到底是要他收这礼呢，还是不收？好像叫他收，又好像拿话套住他，不叫他收，到底什么东西，家明，打开看看！"

妈妈尴尬了："乔啊！你这个女孩啊！一张嘴这么刁法！"

我笑："你看，家明，本来我妈也把我当宝似的，只因见了你，样样把我比下去了，就嫌起我来了，你怎么好意思？"

家明也只是笑："伯母，太名贵的礼物，我不敢当。"

我把盒子扔过去，他接住。我说："咱们家出名地孤寒，见面礼不外是三个铜板之类的，你放心，收下吧。"

妈妈嚷："别扔坏了，别扔坏了。"

我说："哦，会扔坏，是手表，是大力表。"

我替他把纸包拆开来，表是表，却是一只白金康斯丹顿[1]，白金带子、宝蓝的宝石面子。我不响，妈妈真把家明当女婿了，几万块一只的手表都送。

家明一看之下，果然推让又推让，妈妈打架似的要他收，大庭广众之间，不亦乐乎。我就想，比尔可趁不了这种热闹，假如对象换了是比尔，妈妈早就号啕大哭了。

家明终于把手表戴在手腕上，皆大欢喜。老实说，我觉得他很配受这笔重礼，那表戴在他手上也配。

回到家，他把我们母女俩安顿好了，就开车回去，临在门口谢了又谢。他走了以后，妈妈精力还有剩余，口沫横飞地赞家明，我收拾茶几，发觉家明忘了功课，我把他的纸张

---

[1] 康斯丹顿：江诗丹顿（Vacheron Constantin），世界著名钟表品牌。

小心地叠起来，有一张纸上却密密麻麻地写着一个个"乔"字，我"呀"了一声。把那张抽了出来放好，其余的仍放在茶几上。

电话铃响了，我抢过来听。是比尔。

我很有点百感交集。"你在哪里？"我问他，"家？"

"我还有第二个家吗？"他温和地说，"我在一家旅馆里。"

我紧紧地抓着电话筒，说道："比尔，你不怪我吧？"

"怎么会？你们刚才出去了？"

"是，陪妈妈出去吃饭。"我说，"她很喜欢这里。"

"我想你。"他说。

"我也想你。"我说。

妈妈插嘴说："别肉麻了，刚分手，又打电话来，又说想你想我的，有中文不说说英文，怕我听了是不是？你跟家明说，结了婚两个人住一起，岂不省事？这里电话收费多贵，一直讲废话，什么好处！"

我呆在那里，母亲之泼辣，真是惊人。

比尔问："那是你母亲？"

我低声答："是。"

他不响。

"比尔，"我把声音压得极低，"比尔，我要见你。"

"明天打电话到学校来，我等你电话。"

"好，再见。"我说。

"我爱你。"他说。

我放下电话，对母亲表示我累了，想早点睡。但是妈妈睡着以后，我却还没有睡，我起床抽了一支烟，喝了一点酒，忘了问比尔是哪家酒店，我想偷偷出去看他，直到天亮，始终没睡好，妈妈倒又起床了。

这一天她让我陪她去逛公司买大衣，人人说英国大衣便宜，好的货色也不便宜啊，优格一件牛仔布的短外套就二十七镑。

花三百块买件牛仔布罩衫算便宜？我不明白她们是什么心理，而且跑到什么地方就买到什么地方，我求她去海德公园她都不去，挤得一头汗，罢啊，母亲来伦敦跟在香港有什么分别？

等她买爽快了，我想起比尔。我要去打电话，被妈妈抓住，我们一起去找家明，我趁空再打给比尔，他已经离开了大学，我好不糊涂！星期三，他早放学，一点钟就走的，现在几乎四点了，我颓然放下了电话，现在又回不了家等他找我，真糟糕。

我有点不悦，面色十分冷淡，可是这又不关家明的事，他的博士论文进行得如火如荼，妈妈硬把他拉了出来做陪客，我还怪他？妈妈——她也没有错，她哪里知道这么多！我又不讲，说来说去，只怪自己不好。

最好笑我们还碰见彼得，他跟一个本国女孩子在一起，过来打招呼，他说："听讲你订婚了。"不知道哪里来的新闻，他看家明一眼，与家明握手，又恭喜家明，然后又说："我也快订婚了。"言下有说不出的懊恼。

母亲的眼睛比老鹰还尖，一看就知道苗头，待彼得走后，她说："这种外国小鬼——"

我觉得她太武断，并且势利，又主观，而且出言粗俗，她仿佛换了一个人，我并不十分了解她，故此我默然，我觉得彼得误会我订婚也好，他自己总算有打算了。

母亲还在说："——幸亏有家明啊，家明，你不晓得，我们这乔，太随便，我们知道她的，说她和气；不知道她的，就说她轻佻。这年头啊，做女孩子，不当心不行，男人坏的多。"

我看着路上的车子。

家明轻轻地跟着我说："忍耐一下。"

我看着他，勉强而抱歉地一笑。

他真是好性子，难为他了，照说似他这般的脾气性情，做男朋友也真是上等人选了。我们在外又跑了一天，回到家，我是累得跑不动了，可是又不敢睡，等比尔的电话。等到十二点半，电话铃响了，妈妈去接的。

我连忙说："妈妈，是我的。"

她还不肯把电话给我，对我说："是个洋鬼子。"

"妈妈！"我把话筒抢过来。

她真过分了，得寸进尺，巴不得把我捏在手中，巴不得替我活下去。

"比尔？"我说，"对不起，出去一整天，陪母亲买东西，你不生气吧？"

"我等到三点钟。"他笑。

"你在哪里？我来看你。"

"你走得开？"

"你说个地址，我马上来。"我低声说。

他把街道名字与酒店告诉我。我放下电话，板着面孔回房间，我洗了一个澡，换件衣服，披上大衣，就出门了，我没有跟妈妈说话，也不管她有没有睡着。

我赶到那里，那是一家小的酒店，我找到了他的房间，才一敲门，他就把门开了。我紧紧地抱住了他，我觉得这好像是情人幽会一般，我没见他有多久了？两天？三天？我觉得我离不了他。

我在他那里逗留到早上三四点钟才走的，回到家，一碰到床就睡得不省人事。我爱比尔，我知道我爱他。

我睡得像一头猪，下午两点才醒来，只听见有人在楼下客厅讲话。我漱口洗脸，坐在窗口，家明上来了。"好吗？"他问，我握住他的手。他说："我母亲来了，在楼下。"

"我的天！"我跳起来了，"我的天！"

家明低声笑："看来我们订婚是订定了。"

"你反对呀。"我说。

"你反对好了。"他说。

我眼睛只好看着天花板。

他把我拖下去，我见了他母亲，很不错的一位太太，脾气性情跟妈妈差不多，我只好坐着不出声，偶然傻笑一下，我想到大学去看比尔。

最绝就是家明的母亲忽然摸出一只大钻戒，硬要套在我手指上，我的手被她抓得牢牢的，甩都甩不掉，一只晶光灿烂的钻戒只好套在手指上，我直向家明使眼色，他只装看不见，又指指他手表，好像笑我也尝到同样滋味了，我呻吟一声，这小子也不是什么好人。

两个老太太开心得不得了，有点大功告成的样子。

我把家明拉到露台去，我说："我要出去一趟，你陪我，让她们在这里谈个够。"

家明问："你去找那个人？"

"我昨夜已经去过了。"

"我知道，你妈妈问我昨夜有没有见你。"

"你怎么说？"

"我说见了。是我想你，叫你来的。"

我沉默了一会儿。"她怎么答？"

"叫我们快快结婚。"

"啊。"我说，"家明，真对不起，叫你受这种委屈。"

"是真倒好了，这戒指顶适合你。"

"开玩笑，家明，你怎么会要我这样的女人？等她们回去了，我们就借故'闹翻'，你不会怪我？"

"不怪，说什么都不怪。"他笑，笑里很有一种黯然的味道。

我跟他一起到大学，妈妈以为我们是逛街去了，他去别处转一转，我找比尔，约好傍晚在门口等了一起回去。

比尔见到我很高兴。

然后他看见我手上的钻石。"你妈妈给的？多么像订婚钻戒啊。"

我说："是订婚戒指。"把情形说了一次。

我以为他会当笑话听，听了就笑，谁知他说："我要见一见你母亲，她不能把我的爱人嫁给别人……"

"你不明白——"

"我不明白什么？"他问，"除非你也爱他。"他赌气得似一个孩子。

我的心软了下来。"当然我不爱他，比尔。"

"他既年轻又漂亮，学问也好，家里有钱，我有什么比得上他？我只是个糟老头子！"

"别傻了，你才不糟！"我说。

他吻了我一下，说："乔，说你是我的。"

"我当然是你的。"

"你可曾与这小子亲吻？"他忽然问。

"我的上帝，你想到哪里去了？"我以手覆额。

我与他在校园里散了很久的步，他为我缺了两堂课，然后时间到了，我要跟家明回去，他送我到门口。

"改天我也买戒指给你。"比尔说。

"我不要。"我说，"你少来这一套。"

"你不能不要，我一定要你收。你母亲一走，我不要见到这个戒指。"

"是，老师。"

他笑了。

十

忽然有一天在阳光下，我在花园散步，

我不后悔与比尔·纳梵在一起的两年了。

那是一次恋爱，真的恋爱。而现在，

我是幸福的，我似乎应该是一个毫无怨言的人。

家明的车子就停在门口，我慢慢向他走过去。天下怎么会有这么荒谬的事。见完了一个男人又跑到另外一个男人那里去，这大概就是他们口中的女人水性，奇怪的是，我极喜欢家明。彼得说他订婚，我没有感觉，然而家明如果结婚，那么我一定会发好几天呆。我很自私，他如果有了女朋友，我还找谁来为我这么牺牲？将来我总要报答他的，我不能辜负他。

　　我默默地坐在家明的车子里。

　　他在倒后镜里看着比尔，他说："父亲的形象，成熟男人的魅力。"说后还要看我一眼。

　　我不响。

　　过了一会儿，我问："两位老太太几时走？"

"就走了，别担心。"他说，"我说我要考试，她们不走就是耽搁我的功课，所以她们只好走了。"

"谢谢你。"我低声说，"将来谁嫁了你——不晓得是哪一家的女儿有这种福气，误打误撞就凑上了，人的命运是极难说的，说不定她一点也不欣赏你，嫁了你，吃着你的饭，还一直怨天尤人，可是她就是有这种福气！"说到后来，我十分夸张，而且酸溜溜的。

家明笑了："你既然如此看好我，又如此不服气，为什么你不凑上来，就嫁了我呢？"

我说："我不配你，我这个人多少还有一点好处：我有自知之明。我硬凑上来，有什么道理？人家瞧着不舒服，自己心里不乐意，下半辈子一直活在自卑感里——别搞了，我才不干。"

"什么自卑感呢，小姐？你若觉得你目前做的事是有意思的，不必有自卑感，如果没意思，干脆别做，是不是？"

我不响，为比尔有自卑感？是的，但是我不会承认这一点。是的，与他在一起，我站不出去，跟他在一起只是我们两个人的事，跟他在一起是寂寞的，我们谁都不好见，也不想见，我应该怎么说呢？为了他，我不再自由活泼，想到他这样地占据了我的心，我叹了一口气。

家明送了我回家，我与妈妈说了很久的话。

我说："你回去，千万不要登订婚启事，将来有什么变故，我要给人笑的，如果结婚也就结了，是不是？到时才宣扬，才通知亲友未迟，现在是太早了，你不晓得，我们在外国，很多事发生得莫名其妙，难以控制的。"

妈妈睁大了眼睛："家明还会有什么变故？"

"话不能这么说，这世界没有什么都百分之一百靠得住的，他还要念书。"

"我觉得他是没问题的。"

"也许是，可是妈妈，求求你别到处宣扬，我知道你的脾气，你有空没空就爱跟那些太太乱说话，上次我回去，险些没闷死，她们全担心我嫁不出去，其实却巴不得我嫁不出去。"

"所以呀，这下子吐气扬眉了。"妈妈说，"家明这么好的孩子！"

"妈妈，你不明白，我何必在她们面前扬眉吐气！她们懂得什么！我怎么会在乎她们怎么想！"

"好了好了，我明白了，你瞧不起她们，我明白。"

瞧不起。当然，我当然看不起她们，她们也就是这样一辈子了，日子过得太舒服了，除了一个大屁股拼命长肉，就多了一肚草。我还担心她们想什么，我吃自己的饭穿自己的衣服，爱做什么就做什么，我还给谁面子——谁又给过我面子，我与她们并没有交情，她们自找她们的心腹去，在外国什么好处也没有，见不到这些人的嘴脸，很好很好。

妈妈跟我说："乔，你做人要争气啊。"

我笑："我根本很争气，你这一走，我好好地找一份工作，你不必担心，我不会要你寄钱来的。"

"能早结婚，就早点结婚。"妈妈说，"不要拖。"

她与张伯母一起走了。

我只等了一个月，就复信告诉她们我已与家明解除婚约，已把戒指还给家明了。其余什么也没说。

妈妈没有回音。

其实我跟家明不知道多么友善，我们是真正的老朋友。

我说："这么好的戒指，你只要取出来晃一晃，这班女的便狗吃屎似的来了。"我妒忌地说。

"这话多难听，"他说，"我没这只戒指，也一样找得到女朋友是不是？"

"根本不是！"我赌气地说，"你把她们带来呀，我请吃饭好了，干吗不带？"

"你们女孩子老嘀咕，说在外国找不到好对象，其实我们又何尝找得到？你看看去！小飞女我吃不消，不能怪人家，是我古板，不懂吃喝玩乐；女护士我受不了，也不能怪人家，我是一个好高骛远的男人，一心想娶个上得了台盘的妻子，见得了人的，拿得出来的；真正的女博士，我不嫌她，怕她也嫌我嫩，不懂事，打哪儿找老婆？要不就餐馆的女侍——又不是写小说，没道理寻这种开心，要不就是人家的太太——"

"或者情妇——"我接上去，哈哈地笑起来。

家明是一个忠厚的人，他极少批评任何一件事，任何一个人，如今肆意地大大刻薄女人，实在难得，而且又刻薄得到家，我笑了又笑，笑了又笑。

我只剩下他一个朋友了。

比尔近日来很沉默，他说我谈话中心总是离不了家明。

我说："也难怪呀，我总共才见他这么一个人。"

后来就觉得这是怨言，马上闭上嘴。

我找了一份很好的工作，果然就不必家里寄钱来了。这些日子来，说什么都好，我对比尔的精神依赖再大，经济上却是独立的。

然后麻烦再次来了。

这次上门的是比尔的女儿，一个很漂亮的女孩子，十四五岁，声明找我。

她很尖锐地问："你记得我吗？"

我点点头："你是那个说咖啡可以分会响与不会响的女孩子。"

她笑了。

我想，天下变成这样子，每一个人都可以上门来，谁知道她要哭还是要斗，没过多久，比尔的奶妈、比尔的姑丈弟妇的堂兄的表姨的妹夫都该上门来了。

我不响，看着这个女孩子。她长大了，长得很漂亮，很沉着美丽，看来比她母亲温和。当然纳梵太太有恨我的原因，我不怪她。

我问："你母亲——好吧？"

"好，谢谢你。她现在好过得多了，爸爸从来不回来，他只打电话把我们叫出去，妈妈很恨你，她觉得你是故意的，有些女人喜欢破坏别人的家庭。"

"请相信，我不是故意的。"我说。

"我不知道，但如果你是故意的，你不会达到目的，因为妈妈不会答应跟爸爸离婚。"

我一震："他们不是签了名吗？"

"几时？"小女孩反问我，"爸爸不过收拾东西就走了，妈妈才不会答应跟他离婚，你一辈子都是情妇——实在不值得。我们每个月都想花样把爸爸的钱花得光光的，所以你一个子儿也用不到，爸爸现在头痛得紧呢。你这么好看，又不愁找不到男朋友，为什么要紧跟爸爸？我们一家人跟你斗法，你终于要累死的，你不会成功的。"

"但是我跟他在一起，他不是跟你们在一起。"我说。

"但是——你快乐吗？我们不快乐，但是你也不快乐，你怎会快乐呢？你又不是一个黑心的人，你想啊，我们一家子四个人，为了你，弄得闷闷不乐，家散人亡，你怎么会快乐呢？"

我静静地看着她。

她说得对，这个女孩子很温柔，但是很厉害，我会快乐吗？我并不是那种人。

"我妈妈不会跟爸爸离婚的，我们拖他一辈子。"比尔的女儿说。

"为什么？为什么要叫你爸爸痛苦？"我问。

小女孩斩钉截铁地说："因为她先看见爸爸！你不应该抢别人的东西！因为爸爸在教堂里答应的，他在上帝与牧师面前答应一辈子做我妈妈的丈夫！"

"可是他现在后悔了。"我说。

"有些事是不能后悔的！他不是一个好人，你想想。"

"我想过了。"

"你肯离开他吗？"她问。

"他肯离开我吗？"我问。

"他不会为你找到天尽头的——假如你是这个意思的话！"她极冷静。

我惊异，她怎么会这么成熟。这正是我心里想的。比尔甚至不肯为我到香港去。

小女孩继续说："妈妈说，他不过是在放假，放了差不多一年，他该腻了。"

放假，放完假他迟早要回家的？如果他不肯离婚，不过是这个意思，我很是疲倦，毕竟拖了这么久了，这件事结果怎么样，我竟有点糊涂，现在看来，仿佛是没有结果的，然而又怎么样呢？这是我自愿的，我口口声声表示着我自己的大方，我是自愿的。

我没有愤怒，没有怨恨，我就是累了，我只想好好地睡一觉，除此之外，什么都不想。他总有他的道理吧？或者他也在想办法。

"可是我要告诉你一件事，我妈妈给教育部写了一封信，说爸爸的行为不适宜做校长，叫我带个副本给你看，你如果不离开他，他就是个失业汉了。"

我大为震惊，不是为我，而是为了纳梵太太。当真，一个妒忌的女人，是什么都做得出来的，这样子对她有什么好处？她不过是要我离开他而已。

"这是信的副本，我要走了，你对我很好，谢谢你。"

"不要客气。"

"你离开我父亲，我们都会感激你。"她说。

我默默地看着她，隔了一会儿我说："你将来大了，或许会相信我，现在连你们在内是五个人，损失最大的是我：我的青春。"

"我相信，你长得这么好看，不要再牺牲了。我母亲，她不大明白的，而我，我只希望将来我大了，不要爱上有妇之夫，再见。"

她走了。

我看了她母亲写的信。

那封信简单有力，如果递到教育部去，比尔·纳梵的人格成了问题，他的工作当然多少受点影响，英国人生活乏味，巴不得有点新闻闹出来，大家乐一乐，比尔的麻烦也就无穷了。

这是很厉害的一招。

我不知道比尔会怎么想。他在大学里干了十多年，辛辛苦苦地做着，才到今天这地步，如果我连累了他，他会恨我一辈子。英国人要面子要得离谱，他没决心跟老婆离婚，恐怕就是跟大学里的职业有关系。我不能恐吓他说："比尔！你不爱我！你爱我就马上离婚，不要怕这女人。"他是个有头脑的人，他会想。走了我还有别的女人，没了那份职业他还吃饭不吃饭？

我索性认个输，放弃他？

我不知道。

我还爱他吗？到底这样子下去，有什么意思？

我把信收好。纳梵太太把信给我看，没有叫我将信交给比尔，也许她以为我一定会给他看，但是我没有。

我去找家明。

家明说："你妈妈……她有没有消息？"

我耸耸肩："我来是为了另外一件事。"

我把事情说了。

家明说："除非你真爱他，没他活不了，那又是另外一件事，可是谁没谁活不下去呢？他们是老夫老妻耍花枪，两个人加在一起近一百岁，天天打孩子，闲着也是闲着，现在你送上门去给他们寻开心找刺激，你有你的身份、青春，干吗去葬送在一个英国中下阶级家庭里？开头不过是寂寞，你还是个孩子，如此一年多了，你是欲罢不能，好胜心强，我看算了吧，乔。"

我悚然心惊。

"你真相信他爱你？"家明问，"原来做人要求不必太高，他对你的感情，也足够维持一辈子的夫妻了，然而真正的爱也不是这样的，你的事若传开了，到底不好，虽然说做人是为自己，就是为了自己，才不可以胡来，你想想，趁这个机会，你回家去吧。"

我怔怔地看着家明。我缓缓地说："如果我回去，一点结果也没有了。"

他温和地笑："你不回去，才没有结果。这一下子走，你又有个下台的梯子，还是为他好，这倒是真的，也是为了你自己好，对不对？"

就这么一走了之？我恐惧地想：没有比尔？

"乔，我会写信给你的，我就回来了。"他还是那么温柔。

"可不可以……把信给他看？让他做决定？"

"乔，你也知道他的决定，人是最经不起考验的，何必呢。我从来没劝你什么，也没求你什么，可是这一次，你听我的，回去吧，你不会后悔的。"

"妈妈，她会原谅我？"

"她总不能宰了你！"

"不不，你不明白她——"

"我早把罪名揽在我身上了，我不担心将来怎么见她，你担心什么？"

"家明——"我感动得说不出话来。

"你回去考虑考虑，我送你回家。"

到了家，因为家明的缘故，我的确有点心念摇动。

心念一摇动便难以把持，我想回去。

然而怎么走呢？如果真要走，不必与他商量。跟他商量，不过是希望他留住我，希望他牺牲一切，马上离婚。我要真走，明天收拾个箱子就走，何必跟他说什么？

他与他老婆慢慢地拖，他们从四十岁拖到五十岁有什么关系，我从二十岁拖到三十岁就完了。我不怪他，我也不怪他老婆，我此刻忽然想走。

我的东西少得可怜，如果要走的话，一个箱子就够了。他如果真爱我，哪怕找不到我，自然会到香港来的。

晚上他回来了，我看着他的脸，他的确是我一度真爱的人，如今——我长大了。

比尔说："乔，昨天晚上我做了一个梦，梦见与你在教堂结婚，我要给你套上结婚戒指，你不肯，你说我太老了。"

我忍不住，但还微笑着，我说："你怎么可以往我手指上套戒指，你又没有离婚。"

他一震。

到底是年纪大的人了，镇定得很，一点不露声色，也不再继续话题，也不问为什么，就这样敷衍过了。原来他一直敷衍我。他是喜欢我的，然而喜欢也不过是这样，年纪大的人就有这点不好，他们事事都处于麻木状态，我能叫他一度振奋，已经不容易了。

他自然会离婚的，离了婚自然会再结婚的，那再婚的对象大概也就是我，但是他要等他老婆太太平平，自自然然地签字，他可不敢逼她。

我不说什么。

第二天我就订了回家的飞机票。

他到大学去的时候，家明赶来帮我收拾。

我说："我到你那里去住几天，他们没有票子，他们的票子最近也在一星期之后，我决定要走的人，没道理还多混七天，请你帮忙帮到底，让我到你家去住几天。"

家明点着头。

我只收拾了几件衣服，其余的东西都不要了。

临走的时候我坐在床上抽烟，跟家明说："你相不相信缘分这事？当初十万里路飞了来找他，如今无声无息地就走了。来的时候不为什么，走的时候也不为什么。他欠我只有这些日子，我欠他也不过这些日子。"

家明听着，然后为我穿上衣服，我就走了。

走的时候我把他老婆那封信放在他桌子上。

家明开车把我接到他家里去，我甚至没有哭。

我睡在家明的床上，一睡就是十多个钟头，睡得心安理得，从来没有如此舒服过。我与家明在家中吃面包当饭。

我想：他现在该看到那信了。

他该知道我为什么要走了。

我真是为了那信走的？不见得。

我真是接受了家明的劝告才走的？不见得。

我累了。我累了才走的。

家明说："我这里很简陋，你别见怪，只两间小房间，你要是喜欢哪一间，就过去睡。"

"我喜欢这里。"我说。

我穿着他的睡衣走来走去，我又不敢上街，怕被比尔见到，所以只好躲在家里。懒得开衣箱，就穿他的毛衣裤子睡衣。

家明每天买了食物回来，我们大吃一顿。

我常常趁家明不在，想打个电话给比尔，听听他的声音，希望他在电话里恳求我回去。

又希望门铃会响起来，开门一看，站在门外的是他，然后他苦求我不要走，我还是要走的，不过他这么一求就挽回了我的面子。我要走得热闹点，不要这么无声无息。

但是他并没有出现，我也没有打电话去。

开头的时候，我与比尔真的很轰轰烈烈。但经不起时间的考验。

我并没有哭，白天我蹲在屋子里看家明的中文杂志书报，晚上陪他聊天。

他说："乔，我还有几个月就可以做好论文了，行完礼，我马上回来看你。"

我笑笑。他对我真好，恐怕是前世欠下的，老实说，感情这样东西，无法解释，也只好推给前世，明明没有道理可喻的感情，偏偏这么多。

他忽然很随意地说："明天你就走了？"

"是，下午四点。"

"其实比尔·纳梵要找你，容易得很，去找找各大航空公司的乘客名单也就行了，到时在机场截你。"他微笑。

我不响。

"他也一定有你香港的地址，回一趟香港，也可以见你。"

我也微笑："也许他也乐得趁这个机会：'看，她先走了，到底年轻，捺不住气。'"

"那你也可以说：'是他老婆太厉害，我为了他的前途，不得不走，为他好。'"

我大笑。

为了感情不坚定，可以想的理由有多少？

第二天他送我到机场，比尔·纳梵连个影子都没有。他倒是一流高手，恐怕这上下已经与家人在团聚了。

进入禁区之前，家明忽然说："乔，你可不可以为我做一件事？"

我想问是什么事，可是一转念，他为我做了这么多，我难道还怕吃亏，于是马上答："家明，你说好了，任何事。"

他说："我有一只戒指，求你戴在手指上回去，直到我回来再处置，好不好？"

我呆住了。

"你答应了的，不能反悔。"他取出以前那只戒指，就套在我手指上。

我不出声，是，我答应了他的。

我晓得他的意思。

他说："时间到了。"

"再见，家明。"我说。

"再见。"我走进候机室，到底沉不住气，打了电话给比尔·纳梵，他来听电话了，他还有心情上班！他的声音一点也没变，很镇定地问："哪一位？哪一位？"

他没有一丝悲忧，我心头闪过一丝怒火，但是随即平静下去了。是的，他好像没事人似的，但我也没有呼天抢地呀，为什么我要求他痛不欲生？人总是自私的嘛。

他在电话那一头问："是谁？是谁？"

我放下了话筒，叹一口气，挂上了话筒。

人知道得越少越好。

我上了飞机，不过打了一个盹，就到了。

在补粉的时候，我在小镜子里看到眼睛上的小疤痕，我喃喃地说："是，老师。"

妈妈在机场出现，我吓了一跳。

谁通知她的？

她犹有余怒，她说："家明说他央求你，你们又和好了？让我看，嗯，戒指又戴好了，我不看他父母分上，再不饶他的，昨天他打长途电话来，我原不接听，张太太求我，说他是一时之错，叫我们原谅他，我有什么办法？女儿都原谅他了，我还气他不成？这小子，将来结了婚，你当心点。"

我默然。家明这个人，鬼灵精，一切安排得天衣无缝，现在他顶了所有的罪去，倒叫我怎么见他？

妈妈说："你这次回来，是筹备婚礼的吧？家明说他三个月后回来。你也是，自己为什么不来电话，倒叫他打电话来。家明在你们一出事就来信道歉，说是他不对，他不该跟外国女孩子去跳舞，被你看见了，所以——"

我眼睛"唰"地红了，我哭道："妈，不关他事，是我误会了，我心太急了，不是真的——他是好人，妈，他是好人。"

"哎哟！何必帮得他这么厉害？谁不知道他是好人？吵架，是你们，和好，也是你们，咱们做大人只有心惊肉跳的份儿，现在既然好了，你哭什么？"

"妈妈，求你们不要怪他，全是我的错。"

"好好好，一切依你，你怎么哭成这样？发了神经了，看，脑门青筋都现了，快别哭！"

然而我的眼泪是不能停了，我哭得精疲力竭，回家埋头就睡。

醒来的时候，妈妈悄声对爸爸说："——乔说是误会，大概家明也有不是——"

"我就说你太紧张了，唉，快让他们结婚吧。"爸爸说。

妈妈说："明天就与张太太商量去。"

我接了家明的电话："乔，你就嫁我吧。"

我哭道："我实在配你不起，将来你也是要怨我的。"

他说："将来我如果酒后吐了真言，向你剖白，我如何如何跟鬼妹鬼混，你别用刀斩我，那时候就配得起我了。"

我哭着说："长途电话这么贵，你净讲废话哪。"

"乔，答应我好不好？"

"家明，这事你回来再说，我实在不行了，我真不行。"

他说："乔，一切不必你操心，你不是相信命运？这就是命运了。"

"家明——"

"你不相信我爱你？"

我内疚得大哭。

张太太跟妈妈轰轰烈烈地干了起来，我像是做梦一般。

连婚纱都买好了，我还赖着，不相信这是事实。

我喜欢家明，爱上他是毫无困难的事，但是我实在没有在他身上用过一点点心思，他仿佛是天上落下来的宝贝，我怕我一捡在手中，梦就醒了。

我赖着。

妈妈起了疑心："乔，你事事这么懒洋洋的，不是身体有毛病吧？”

“妈，你想到什么地方去了？”我皱起眉头。

她脸红了。

张伯母是离了谱，白金表，黄金镯子，如今金子什么价钱，她这么排场法。妈妈也尽情豪华，单是长旗袍替我做了十二件。

爸爸笑道：“好，等女儿嫁过去了，咱们两老也就喝西北风了。”

我还是疑幻疑真，手足无措，只希望家明回来。

有时候在街上看见外国男人，心惊肉跳，怕是比尔·纳梵寻我寻到香港来了，吓个半死。这样子担心着，一下子就发了病。

我在床上躺着，发了高烧。

家明交了论文，口试完毕，不等毕业典礼就回来了。

他坐在我床边，说：“乔，你怎么了？”

妈妈半真半假地瞄着家明道：“都是给你气的。”

我听了益发心痛如绞，哭道：“妈妈，求求你别说这种话。”

妈妈也后悔了：“是，我不对。”她走开了。

我悔道："她什么都不知道，你不要怪她，怪我好了。"

家明说："没有关系，没有关系，你放心，你放心。"

他的声音还是那么温柔。

我哭了又哭，哭了又哭。

他一刻不离地陪着我。

我就是握着他的手过日子。

他连饭都在我床头吃。

爸爸说："见鬼，这两个孩子简直发神经了，然而白头偕老是不成问题的了。"

我热度退了，人瘦了不少，礼服又得改小了。

张伯母说："咦，脸瘦得只剩两只眼睛了。"

我跟家明猛说："你想清楚了？你真是想清楚了？"

乱成一片。

妈妈说："那裁缝真是急惊风碰见慢郎中，咱们帖子都发出去了呢！"

我几乎瘫痪过去。

家明说："你别担心，乔。"

我总算找了一个晚上，跟他在书房静静地坐着，说了一夜的话。

"家明，你来之前，有没有听到什么？"我问。

"我知道你指什么，没有。我没有见到他，他终于离婚了，我听说的，他老婆一听说你走了，就跟他离婚，说他没出息，不是男人，辜负了你。"

我诧异："这女人竟有这样的肝胆，她不怕我回去？"

"你走了怎么还会回去？"

"那封信怎么样？"

"还是呈上去了，闹得一塌糊涂。"

我忽然害怕起来："他——他不会来这里找我吧？"

"来也不怕他，有我。"家明坚决地说。

我发怔地落泪，现在我竟像瘟神似的怕着他。

家明叹气："乔，你不要哭，你一哭我像心碎似的。"

我们去注册结婚，一切顺利得不像话。

然后就是婚礼。

我没有赞成去度蜜月。我简直不相信这是事实，我一直穿着家明的睡衣，躺在他的床上，他睡在书房里。然后我收到了一封信，是比尔·纳梵写来的，妈妈递给我的时候说："英国朋友的信。"我手发着抖，拆开来看，里面只有简单的两行字："祝你新婚快乐。求你原谅，我要说的太多，以至不知道从何开始，衷心祝福，比尔·纳梵。"是家明通知他的，我心里放下了一块大石。这一段事，除了家明与我，没有人知道，然而这事如此烟消云散，叫我怎么说呢？我不知道说什么才好。

然而我开始安定下来，我开始为家里的沙发添一个垫子，叫用人把厨房里的电器换个新位置。

对家明来说，我有点怕他，他是知道我秘密的人。

他的新工作还没有开始，我与他有时候打场乒乓球，有时候去看一场戏。

妈妈说："乔这次回来变了，有点忐忑，神经紧张得很，一刻见不到家明就不安，家明在她身边她又沉默着不说话，怎么一回事？"

她不知道，她不知道我的故事。

有时候我看着家明，我觉得他终有一天要计算我的，他是一个太聪明的人，到时我什么话也说不出口，他会把事情安排得天衣无缝，就像他安排我与他的婚事一般，谁晓得第一次母亲去英国，是不是他的主意，我不过是他的一只棋子。

每次我与他打乒乓球的时候，他让我赢，我就赢，他要我输，我就输。

　　我开始明白他要娶我的原因，我有把柄在他手里，我会听他的话，抑或我把他想得太坏了？其实他是对我很好的？我不知道，我不敢猜想。

　　我跟他并没有恋爱过，就成了夫妻。做一只棋子也并不是不好，人的未来是难以预测的，他替我安排了一切，我的将来，我的目前。我的过去也在他掌握中。

　　我怀孕的时候，他很肯定地跟我说："我们这一次是男孩子。"我相信会是男孩子，没有人敢抗他的。

　　忽然有一天在阳光下，我在花园散步，我不后悔与比尔·纳梵在一起的两年了。那是一次恋爱，真的恋爱。而现在，我是幸福的，我似乎应该是一个毫无怨言的人。

图书在版编目（CIP）数据

人淡如菊 / （加）亦舒著 . -- 长沙：湖南文艺出版社，2021.5
ISBN 978-7-5726-0102-6

Ⅰ . ①人… Ⅱ . ①亦… Ⅲ . ①长篇小说－加拿大－现代 Ⅳ . ① I711.45

中国版本图书馆 CIP 数据核字（2021）第 036005 号

上架建议：畅销 · 小说

REN DAN RU JU
人淡如菊

作　　者：[加]亦舒
出 版 人：曾赛丰
责任编辑：匡杨乐
监　　制：毛闽峰
策划编辑：李　颖　陈　鹏
特约编辑：孙　鹤
营销编辑：刘　珣　焦亚楠
版权支持：姚珊珊
封面设计：尚燕平
版式设计：李　洁
出　　版：湖南文艺出版社
　　　　　（长沙市雨花区东二环一段 508 号　邮编：410014）
网　　址：www.hnwy.net
印　　刷：三河市兴博印务有限公司
经　　销：新华书店
开　　本：775mm × 1120mm　1/32
字　　数：134 千字
印　　张：7.75
版　　次：2021 年 5 月第 1 版
印　　次：2021 年 5 月第 1 次印刷
书　　号：ISBN 978-7-5726-0102-6
定　　价：49.80 元

若有质量问题，请致电质量监督电话：010-59096394
团购电话：010-59320018